AVENTURE AFRICAINE

*À mon fils Aaron et à son ami Matthew
qui ont vécu avec moi
leur propre aventure africaine.*

un roman de Blaine Marchand
illustré par Lucie Chantal
adaption française Dominique Chauveau

Table des matières

1

LE DÉPART

LES MOTEURS VROMBISSENT et l'avion se dirige vers la piste. Il semble avoir une faible hésitation, avant de prendre de la vitesse. Luke Novak, un adolescent de dix-sept ans, a l'impression d'être poussé au fond de son siège. L'avion s'élève de plus en plus haut. Luke se penche et regarde par la fenêtre, au-delà du reflet de ses cheveux noirs bouclés et de ses yeux bruns. Les lumières bleues le long de la piste s'étalent telle une constellation. L'avion décrit un cercle. Au sud, près de la rive du lac et au nord, aux frontières de la ville, les lumières de Toronto fument comme de la lave.

Enfin, se dit Luke les poings serrés et les pouces en l'air. L'Afrique. L'Afrique noire. Quatre mois loin des froids de Sudbury. Quatre mois entiers avec mon père. Ça va être un vrai voyage, une vraie aventure africaine.

Luke se demande si son père a changé. Il se souvient encore de cette journée, l'an passé : tous deux rentraient de l'aréna. Luke était resté très proche de son père malgré le divorce de ses parents lorsqu'il avait douze ans. Son père et lui passaient toutes les fins de semaine ensemble. Luke jouait au hockey; il adorait ce sport. Et son père, aussi mordu que lui pour le hockey, ne manquait aucune de ses parties.

Luke débordait de joie en pensant au but gagnant qu'il avait marqué pendant la dernière partie de hockey intercollégial. Son père et lui avaient plaisanté en parcourant les rues couvertes de neige. Ils étaient presque arrivés quand son père lui avait annoncé qu'il avait quitté son emploi à la mine et qu'il avait accepté un poste dans une compagnie minière, en Afrique de l'Est.

- En Afrique? avait répété Luke.

Il pouvait à peine croire à ce qu'il venait d'entendre. C'était si loin, l'Afrique. N'était-ce pas dans un de ces pays où les gens mouraient de malaria?

- Et puis, tout ce temps qu'on a l'habitude de passer ensemble... toutes ces fins de semaine... mes parties de hockey auxquelles tu as toujours assisté? avait-il demandé.

Le père de Luke avait bien tenté de lui expliquer la situation dans laquelle il se trouvait, mais Luke était trop en colère pour l'écouter. Tout ce dont il se souvient aujourd'hui, c'est que son père a entouré ses épaules de son bras et qu'il lui a dit :

– Luke, je t'écrirai. Et quand je serai installé, tu pourras venir me voir.

Mais Luke ne voulait rien entendre. Il était rentré en trombe chez lui, en claquant la porte. Il était monté dans sa chambre, s'était réfugié sous sa couverture et avait pleuré toutes les larmes de son corps. Sa mère avait bien essayé de le consoler, mais en vain. Tout son corps tremblait de rage. Comme il avait alors détesté son père! L'abandonner juste au moment où il avait le plus besoin de lui.

Bien que, encore aujourd'hui, il ressente parfois tout au fond de lui, une pointe d'amertume, avec le temps, Luke s'en était tiré. Sa mère et lui s'étaient toujours bien entendus et le départ de son père les avait rapprochés... au début du moins. Mais, par la suite, sa mère ne semblait plus le comprendre. Elle le critiquait toujours : il regardait trop la télévision, il ne rangeait pas sa chambre ou ne lavait pas la baignoire après avoir pris sa douche. Elle lui faisait des remarques sur ses résultats scolaires et ne cessait de dire qu'il passait son temps à paresser.

Luke doit admettre que pendant l'année, ses notes avaient beaucoup baissé. Et certains professeurs se plaignaient de son comportement. Ah! les adultes! Un garçon n'a aucun contrôle sur sa vie. Les parents et les enseignants prennent toutes les décisions et s'attendent à ce que les adolescents les acceptent globalement sans poser une seule question.

Un jour, il avait reçu une lettre de son père. Ce dernier l'invitait à aller passer quelques mois en Afrique avec lui. Luke en avait discuté avec sa mère. Tous deux avaient convenu que ça lui ferait peut-être du bien de s'éloigner quelque temps de son école et du Canada. Ce voyage lui donnerait une chance de discuter avec son père, de situer les choses dans leur contexte. Luke s'était dépêché de répondre. Et pour écrire sa lettre, il s'était empressé de déposer sur son bureau devant lui la sculpture que son père lui avait envoyée pour Noël.

Le signal lumineux *Attachez vos ceintures* s'éteint. Luke regarde les magazines à lire, vérifie la liste des postes de radio, lit les informations sur le film. L'hôtesse distribue les écouteurs. Luke les branche et déplace le bouton au canal 4.

Aussitôt une musique rock martèle ses tympans.

★ ★ ★

Le cri d'un coq se répercute dans la vallée. Un autre coq répond. Des chiens aboient. Le ciel du matin est rose. Les huttes rondes du village, en boue séchée, ne sont que des silhouettes noires.

Avec une petite branche, Themba, un adolescent de seize ans, frappe une des chèvres qui broute avec acharnement les feuilles d'un buisson d'épines. Il tient à la main une badine qu'il envoie sur son épaule et lisse le sol avec ses orteils comme s'il efface un tableau noir. Puis il se penche et inscrit dans la poussière : AX = CD = 7,5 cos 41 degrés =.

Le bétail et les chèvres traversent les herbages, s'arrêtant ici et là pour brouter une étendue d'herbe clairsemée.

Themba écrit encore : = 5,660 et BX = CX tan 17 degrés =, et il lit l'équation à voix haute.

«AX = CD = 7,5 cos 41 degrés = 5,660 et BX = CX tan 17 degrés =»

Le soleil se lève à l'horizon. Il y a beaucoup de rosée. La journée s'annonce chaude. La lumière caresse les énormes rochers qui surgissent de-ci de-là dans la vallée, tels d'énormes éléphants. Dans le village, les rayons du soleil frappent la cour familiale.

Themba peut voir la fumée s'élever du feu de charbon que sa mère, Tendayi, allume tous les matins pour le petit déjeuner. Il la voit se lever et porter sa main à son ventre comme pour le soutenir. Themba se demande si elle est de nouveau enceinte. Tulani, sa soeur de treize ans, verse l'eau qu'elle vient d'aller chercher au puits dans une citerne d'argile près de la porte d'une de leurs huttes.

Themba étudie de nouveau son équation. Les mathématiques sont habituellement faciles. Par exemple, il y a quatre vaches. Deux d'entre elles traversent dans le champ du voisin. Il ne reste que deux vaches sur le terrain. C'est simple à retenir. Tout ce qu'il y a à faire, c'est de se mémoriser des objets que l'on peut voir, comme des vaches ou des roches et de jongler

4

avec. Mais l'algèbre, c'est bien différent.

Themba sait qu'il va trouver la réponse. Il doit juste travailler, réfléchir de la façon dont M. Matiba lui a enseigné à le faire. Avec la pointe de sa baguette, il souligne l'équation et répète pour lui-même :

«AX = CD = 7,5 cos 41 degrés =

5,660 et BX = CX tan 17 degrés = ...

... = 1,504!»

La réponse surgit dans sa tête. Il ne sait pas trop comment, mais il l'a trouvée. M. Matiba dit qu'il a la bosse des mathématiques. S'il étudie très fort, il pourra aller à l'université et devenir ingénieur. Themba sourit, fier de lui.

- Themba! Themba! appelle sa mère de la cour. Va chercher tes frères. Il est temps de vous préparer pour l'école.

Dans la hutte qu'il partage avec ses trois frères, Themba revêt l'uniforme de l'école. Tandis qu'il se penche pour nouer les lacets de ses souliers, il demande à ses frères Tiyani, huit ans et Murhiko, six ans, de ramasser leurs cahiers. Il s'empresse d'aider son plus jeune frère, Enok, âgé de quatre ans, à boutonner sa chemise. Lorsque tous sont prêt, ils prennent ensemble le chemin de l'école.

- Au revoir, Tulani, crient les quatre garçons à leur soeur. Le balai de paille qu'elle utilise pour balayer le sol de la cour s'immobilise. Tulani regarde ses frères saluer leur mère avant de se joindre aux autres garçons et filles du village qui se préparent à franchir les deux kilomètres qui les séparent de l'école.

Ce n'est pas juste. Son coeur se remplit de colère lorsqu'elle se penche de nouveau vers le sol. Son balai soulève des nuages de poussière dans les airs.

★   ★   ★

Joe Novak répond au téléphone.

- C'est exact, dit-il en regardant la photo où il est photographié avec son fils, Luke. Il arrive aujourd'hui, précise-t-il en se disant qu'un an c'est long, beaucoup trop long. Euh... Le vol de la British Airways en provenance de Londres. Oui. Je l'ai reçu ce matin, en arrivant au travail. Il a l'air en forme. Merci beaucoup. J'apprécie vraiment. Je suis certain qu'il le fera, lui aussi. Oh. D'accord. Au revoir.

Joe regarde le gâteau sur son bureau. Mme Smith s'est vraiment surpassée. Un gâteau au chocolat à deux étages avec un glaçage blanc. Et sur le dessus, un mot de bienvenue. C'est le gâteau préféré de Luke, se rappelle son père.

Une vague de culpabilité le traverse. Il aurait dû mieux préparer son fils à son départ. Lui expliquer ce qui se passait quand ça avait commencé à aller mal à la mine de Sudbury. Cette proposition d'emploi en Afrique était arrivée comme par hasard. Il avait dû prendre une décision, et vite.

Joe prend sa plume, ouvre la carte et écrit : *Bienvenue, Luke. C'est formidable que tu sois là de nouveau. Je t'aime, papa.*

- Bon sang! s'exclame-t-il lorsque sa main glisse sur le papier et fait baver l'encre.

Joe cherche quelque chose pour effacer la bavure. Il ouvre le tiroir de son bureau. Rien.

- Il y a des jours, marmonne-t-il, où l'on ne peut rien trouver...

Une sirène brise le silence. Plusieurs notes brèves se font entendre. Joe se lève d'un bond et court à la fenêtre ouverte.

- M. Maposa! Simba! Que se passe-t-il?

- Le moteur du ventilateur ne fonctionne plus au niveau 41, crie Simba Maposa, le contremaître de la mine, en courant vers le bureau. Toutes les lumières au fond se sont éteintes. J'ai ordonné à l'équipe de remonter.

- Par tous les... lance Joe en prenant son casque au passage et en se précipitant dehors.

Au même instant, M. Walker, le directeur britannique, sort lui aussi de son bureau.

- Qu'est-ce qu'il y a, cette fois-ci, Joe?

- M. Walker, vous pouvez dire à vos patrons de New York que leur foutu système de ventilation préhistorique a encore fait défaut!

M. Walker regarde un groupe d'hommes qui viennent de remonter et qui sortent de la cage d'ascenseur.

- Ce n'est pas une raison pour faire remonter toute l'équipe, répond-il à Joe en faisant un geste en direction des hommes.
- Le nouvel étançon n'est pas encore terminé. Je ne prendrai pas la responsabilité de mettre en danger la vie de ces hommes. Si nous continuons à perdre du temps comme cela, New York nous fera fermer la mine pour de bon, crie M. Walker en essayant de couvrir le bruit de la sirène. Le cuivre a encore baissé!
- Je sais. Je sais. Je vais descendre moi-même voir ce qui se passe, réplique Joe en lui faisant un signe de la main.
- Simba! Simba! appelle-t-il en direction de son contremaître. Viens!

Joe et Simba traversent à vive allure le terrain de la mine no 12 de l'International Copper d'Afrique de l'Est.

- Le quartier général, fulmine Joe. Regarde-moi ça ...les véhicules, l'équipement... c'est vieux... tout délabré... brisé! C'est facile pour les patrons de donner des ordres de l'autre côté de l'océan; ils veulent tout avoir. Nous n'avons aucun contrôle ; mais il faut que tout soit parfait!

Simba tient la porte de la cage d'ascenseur ouverte pour permettre à Joe d'y monter.

- Mon fils arrive dans quatre heures; je vais être en retard! s'exclame-t-il en abattant son casque contre la barre métallique.

Le mécanisme qui permet à l'ascenseur de descendre est actionné.

- Vous devriez peut-être demander à M. Lungani d'aller le chercher, des fois...
- Je pense que tu as raison, Simba. John! John!... Luke ne sera pas content.

M. Lungani, le comptable de la mine, se détache de la masse des employés qui se sont rassemblés pour surveiller les opérations. Il s'empresse vers la cage d'ascenseur.

- Qu'est-ce qu'il y a, Joe?
- John, pourriez-vous prendre la Mercedes et aller chercher mon fils, Luke? Il arrive par British Airways, vol 955.
- Bien sûr, ne vous inquiétez pas, répond M. Lungani.
- Et amenez Themba, le fils de Simba avec vous.

Les câbles émettent un bruit sourd lorsque la cage descend dans le puits de la mine. La sirène a fini de hurler.

2

UNE ARRIVÉE QUI TOMBE MAL

«LE VOL 955 DE LA BRITISH AIRWAYS vient d'atterrir», crache le haut-parleur en grésillant. Il fait chaud. Luke essuie son visage avec la manche de sa veste en jean. Il est épuisé et se sent faible. Il jette un coup d'oeil à sa montre. Si j'étais à Sudbury, pense-t-il, je serais en train de me réveiller. Un frisson le traverse en pensant à l'air froid qui le cinglait chaque matin lorsqu'il allait à son entraînement de hockey.

La longue file de passagers attendant de passer les douanes n'a pas bougé depuis cinq longues minutes. Il n'y a qu'un seul officier des douanes et il feuillette sans se presser le passeport d'un des passagers. Luke se met sur la pointe des pieds et essaie d'apercevoir son père parmi les gens qui attendent. Tout autour de lui, il ne voit que des visages noirs. Où est donc son père? De nouveau, il regarde l'heure. Une vague de fatigue l'envahit soudain. Comme il a hâte d'arriver à la mine, de prendre une bonne douche, de discuter avec son père et de faire une courte sieste.

Le douanier est toujours en grande conversation avec le même passager. Pourquoi faut-il que ce soit si long. Juste un douanier, alors qu'au Canada il y en a tellement...

- Pardon, monsieur, dit un homme de forte carrure en s'adressant à Luke. Puis-je voir votre billet et votre passeport, s'il vous plaît?

- Je suis Canadien, s'empresse d'expliquer Luke. Mon père travaille pour l' International Copper. Je viens lui rendre visite et...

L'homme le regarde froidement.

- Puis-je voir votre billet et votre passeport, s'il vous plaît?

Luke lui tend ses papiers.

- Vous vous êtes trompé de file. Les touristes font la file là-bas.

- Oh... Oh, merci.

Luke se dirige vers un autre guichet. Le douanier lui fait signe d'avancer.

- Votre billet et votre passeport, s'il vous plaît.

Luke tend une fois de plus ses papiers.

- Les voici. Je suis Canadien. Mon père travaille à l'International Copper. Je viens lui rendre visite pour quatre mois.

Le douanier ignore le bavardage de Luke et vérifie la date

de son départ. Ensuite, il étudie la photo du passeport de près, tout en regardant Luke pour s'assurer qu'il s'agit bien de la même personne, tourne quelques pages et se décide à en estampiller une.

- Vous pouvez échanger vos devises là-bas, explique l'homme en pointant un guichet un peu plus loin. Bienvenue parmi nous et passez un agréable séjour.

- Merci, répond Luke en ramassant son sac avant de se diriger vers le bureau de change.

Il ne sait pas trop combien d'argent il doit changer. Il sort cent dollars américains en chèques de voyage qu'il signe sans oublier d'y inscrire son numéro de passeport et les donne à l'employé. Son père ne semble être nulle part. Que peut-il faire? Il se sent si fatigué... et cette inquiétude qui pointe en lui lui donnent un coup à l'estomac.

- Monsieur! Monsieur! insiste l'homme derrière le guichet.

Luke sort de sa torpeur. L'employé glisse son passeport par l'étroite ouverture du guichet. Sur le dessus, il y a une grosse pile de billets et quelques pièces de monnaie. «J'ai l'impression d'être millionnaire», se dit Luke.

- Merci. Merci beaucoup, fait-il en rangeant soigneusement ses papiers et son argent dans la poche avant de son sac à dos. Il se tourne et va vers la salle d'attente. Son père ne semble toujours pas être arrivé.

C'est alors que Luke remarque un grand monsieur en complet veston qui brandit au-dessus de sa tête une pancarte sur laquelle il peut lire son nom. Soulagé, il marche d'un pas leste vers cet homme et dépose par terre le sac qu'il porte sur son épaule.

- Je... Je - suis - Luke - No - vak, articule-t-il lentement pour se faire comprendre.

- Comment ça va, Luke. Je suis M. Lungani, répond l'homme en lui tendant la main.

Luke rougit, puis lui serre la main. Il ne pensait pas que cet homme parlait aussi bien anglais.

- Où est mon père? demande-t-il.

- Il a eu un empêchement. Un problème à la mine. Il nous a envoyés à ta rencontre.

- Je vois! siffle Luke avec humeur en donnant un coup de pied de rage dans son sac et en secouant la tête.

Soudain, Luke sent que quelqu'un l'étudie en silence; il se retourne.

- Je suis Themba Maposa, dit un garçon d'à peu près son âge, aux cheveux très courts, vêtu d'un short et d'une chemise grise à manches courtes.

- Bonjour, répond Luke. Il fait tellement chaud ici. Pas étonnant que je boue, ajoute-t-il, comme pour expliquer le mouvement d'humeur qu'il vient d'avoir. Je ne suis pas habitué à tout cela, vous savez.

M. Lungani se penche, ramasse le sac de Luke et le glisse sur son épaule.

Themba sort de sa poche un mouchoir bien plié et le tend à Luke.

- Oh, merci, fait celui-ci. Ça commence bien! soupire-t-il ensuite en prenant son sac à dos.

Themba suit son regard.

- Tu veux encore cogner dessus? lui demande-t-il.

- Quoi? Oh, non! Non... je disais juste ça comme ça. Où est la mine, Themba?

- À Mataba. À trois heures d'ici, plus au sud.

M. Lungani se dirige vers la sortie. Les deux garçons le suivent.

★   ★   ★

La Mercedes bleue glisse sur l'autoroute en direction de la ville. Luke baisse la vitre. Un vent chaud lui fouette le visage et une odeur de gasoil le saisit.

Le long de la route, un flot constant de personnes déambule. Certaines portent des souliers, d'autres non. Leurs vêtements sont un assortiment de couleurs et de styles.

La voiture s'arrête à un feu rouge. Dans un caniveau rempli de mauvaises herbes et d'ordures, des enfants fourmillent autour de maisons faites de tôle et de carton. Des ânes et des poulets se promènent partout en liberté. Des femmes argumentent avec un vendeur de fruits. «C'est tellement pauvre», se dit Luke. Il lui semble que Themba est lui aussi intrigué.

La voiture s'élance sur un grand boulevard.

«Comme il conduit lentement!» pense Luke avec impatience.

De tous côtés, Luke ne voit que des voitures et des gens. Une musique beugle de dessous l'auvent d'une boutique. Des affiches géantes et défraîchies de Michael Jackson et de Bruce Springsteen couvrent une fenêtre. Tout près, au tournant, de jeunes garçons polissent les chaussures de leurs clients; d'autres tirent les passants par la manche pour leur vendre des crayons.

La voiture ralentit en arrivant près d'une intersection. Un garçon s'approche d'eux avec une planche sur laquelle il a posé des cacahuètes et des oranges.

- Monsieur! Monsieur! crie-t-il à Luke en poussant ses produits vers la vitre.

Luke reste interloqué devant cet enfant aux jeans tout déchirés et aux genoux osseux couverts de plaies. Sur son T-shirt en lambeaux, on devine l'inscription : J'aime New York.

Luke ne sait pas quoi faire. De son côté, Themba est lui aussi absorbé par le tourbillon de la vie.

- Euh! Non, mer-ci, bafouille Luke avec maladresse tout en se demandant s'il ne devrait pas tout de même acheter quelque chose.

- Je crois que je ferais mieux d'appeler ton père à la mine, Luke, dit M. Lungani du siège avant. Il sera heureux d'apprendre que tu es bien arrivé.

La voiture tourne le coin et s'approche du marché. Sur de grandes feuilles de plastique, à même le trottoir, est étalé tout un assortiment de fruits et de légumes. Luke en connaît quelques-uns; il y a des bananes, des avocats, mais par contre, d'autres lui sont totalement inconnus. Les femmes restent assises patiemment à côté de leurs produits pour les vendre. Des vêtements sont supendus sur des cintres en bois à un étalage de fortune. À un autre étalage, des oiseaux de différentes espèces sont enfermés dans des cages métalliques. Ici et là, les hommes se rassemblent en petits groupes. Lorsqu'ils se rencontrent, ils se font l'accolade et se serrent très longuement la main.

Derrière le marché, il y a un enchevêtrement d'autobus jaunes et bleus. Une épaisse fumée grise provenant des tuyaux d'échappement s'élève dans les airs. Des valises, des boîtes de carton et des cages contenant des poules jonchent les toits. Certains autobus sont tellement penchés d'un côté qu'ils donnent l'impression qu'ils vont se renverser. Des hommes grimpent sur les côtés pour ajouter encore d'autres bagages.

La voiture s'arrête. M. Lungani descend et se dirige vers une cabine téléphonique. Luke et Themba ne tardent pas à l'imiter.

★ ★ ★

- Simba, allons voir de plus près, résonne la voix de Joe Novak dans le tunnel sombre, trente mètres sous terre. Je pense que le ventilateur est réparé maintenant.

Soudain, les lumières vacillent. Joe s'arrête et retient sa respiration pour mieux écouter le faible grondement semblable à un rugissement de lion pris au piège.

- Simba, Simba?

Les poutres de soutien en bois commencent à craquer.

- Simba, lance Joe en étendant le bras derrière lui pour voir si Simba le suit.

Le tunnel tout entier se met à bouger. De la terre tombe lentement du plafond.

- Simba, vite à la cage!

Joe se retourne. Les poutres lâchent avec un craquement étourdissant. Les roches déboulent dans la caverne et la remplissent en un rien de temps.

★ ★ ★

Le hurlement de la sirène se répercute de nouveau contre les murs des bâtiments et les rochers de la mine.

- Allô... allô!, crie M. Lungani dans le combiné en portant sa main à son oreille pour essayer d'enrayer les bruits. Allô, Joe? Joe? Oh... oh... M. Walker. Le jeune garçon est avec moi et... quoi? Oh, non!

Luke voit une ombre traverser le visage de M. Lungani, et ses yeux s'assombrir.

- Qu'est-ce qui ne va pas? s'écrie-t-il. C'est lui? C'est mon père? Laissez-moi lui parler.

- Oui, oui, répond M. Lungani. Je vais suivre vos ordres, ajoute-t-il avant de raccrocher.

Le sang monte au visage de Luke.

- J'ai dit que je voulais parler à mon père, fait-il d'une voix dure. Pourquoi ne me l'avez-vous pas passé?

- Ton père est occupé, il ne peut pas venir au téléphone, répond M. Lungani.

- Je vais l'appeler moi-même, marmonne Luke en allant vers le téléphone tout en cherchant le petit bout de papier sur lequel il a inscrit le numéro de téléphone de son père.

Il fouille ensuite dans sa poche pour trouver quelques pièces de monnaie qu'il insère dans la fente de l'appareil, puis compose le numéro.

3

LE DÉSASTRE

M. WALKER RAMASSE SON CHAPEAU à toute vitesse et sort de son bureau en courant. De l'autre côté du couloir, dans le bureau de Joe Novak, le téléphone sonne de nouveau avec insistance. Le coeur de M. Walker bat à tout rompre. La sirène l'a énervé. Il se précipite dans le bureau de Joe et décroche le combiné.

- Oui. Allo!

- Ici Luke Novak. Je voudrais parler à mon père.

- Ah... euh, Luke... Je suis désolé, mais Joe ne peut pas venir au téléphone pour l'instant.

Le hurlement de la sirène pénètre dans la pièce par la fenêtre ouverte. À Sudbury, ce son annonce une seule chose: un désastre.

- Qu'est-ce qui ne va pas? Où est mon père? Je veux lui parler!

La sirène rugit toujours.

- Il va très bien... mais il ne peut vraiment pas venir au téléphone pour l'instant. Je crois que tu ferais mieux de rester avec M. Lungani, Luke. Peux-tu me le passer tout de suite, s'il te plaît?

Luke tend le combiné à M. Lungani.

- Il y a un problème à la mine, dit-il à Themba. Je dois aller voir ce qui se passe!

-M. Lungani va nous dire quoi faire, répond doucement Themba.

- Ces autobus, s'informe Luke en pointant les véhicules du doigt. L'un d'eux doit se rendre à la mine... à Mataba, non?

- Nous devons attendre M. Lungani. Il va...

«À l'allure à laquelle il conduit! On n'a pas le temps! Il doit bien y avoir un express», pense Luke.

En quelques enjambées, il bondit vers les autobus..

- Non. Luke. Attends!

Luke fonce sur la route. Une voiture l'évite de justesse. Luke saute sur le côté et accélère le pas. En deux secondes, il disparaît dans la foule.

- M. Lungani! M. Lungani, s'écrie Themba. Luke est parti.

- Quoi? M. Walker, je dois partir. Je vous rappellerai.

M. Lungani et Themba avancent dans la circulation. Ils prennent des directions opposées pour essayer de retrouver Luke.

★ ★ ★

- Monsieur, Monsieur, demande Luke à un homme portant un chapeau de paille. L'autobus pour Mataba. Où puis-je trouver l'autobus pour Mataba?

- Mataba? répète l'homme en se frottant le menton tandis qu'il réfléchit.

Luke tape du pied impatiemment.

- Mataba... oh, oui! Par là.

- Merci, lance Luke par-dessus son épaule en se frayant un chemin dans la direction que l'homme vient de lui indiquer.

Soudain, il ne sait plus trop où aller. Il y a tant de monde. Les klaxons des autobus résonnent. Un homme transportant un colis l'accroche au passage.

- Madame, l'autobus pour Mataba? Il faut que je trouve l'autobus pour Mataba, demande Luke à une femme qui transporte sur sa tête une cage à l'intérieur de laquelle se débat un poulet.

- Juste là, mon garçon, dit la femme en pointant un vieil autobus bleu et jaune, quelques mètres plus loin.

Luke se fraie un chemin jusqu'à la porte.

- *Muri kuenda kupi? Munoda chii?* clament les gens tandis que Luke s'avance vers l'avant.

- Quoi? Quoi? crie Luke avec énervement. L'autobus pour Mataba? Il faut que je prenne l'autobus pour Mataba immédiatement.

Themba dépasse les gens qui marchandent à l'étal de fruits. Il regarde à droite et à gauche. Où est Luke? Il aurait dû attendre M. Lungani. Il est vraiment impoli.

- *Mukomana aiwa aiwa,* entend-il des gens clamer avec colère.

En regardant dans la direction d'où proviennent les cris, il aperçoit Luke qui se fait bousculer par les personnes qui font la queue. Themba coupe entre deux kiosques et court vers Luke.

- Tu dois venir avec nous, lui dit-il.

- Je ne peux pas. Je dois aller voir mon père, insiste Luke avec fermeté.

- Va faire la queue comme tout le monde, ordonne le

vendeur de billets en le saisissant par le bras.

- *Changamire ruregerero,* lui explique Themba. *Changamire.* Il y a eu un accident à la mine à Mataba. Ce garçon doit aller voir si son père va bien.

- Oh, fait le vendeur de billets en relâchant Luke.

Un murmure de sympathie s'élève parmi la foule. Les gens s'éloignent légèrement.

- Merci, dit Luke. Merci beaucoup! Un billet, s'il vous plaît, demande-t-il en prenant de l'argent dans son sac à dos pour payer son passage.

L'homme lui rend la monnaie.

- Themba, tu ne viens pas? demande-t-il soudain.

- Nous devons aller avec M. Lungani, insiste de nouveau Themba.

- Themba! supplie Luke. J'ai besoin de toi!

Themba fini par accepter.

Soudain, Luke pense que Themba n'a peut-être pas les moyens de payer son billet.

- Voilà, dit-il en tendant de l'argent au vendeur de billets. Un autre billet, s'il vous plaît.

L'autobus tangue lorsque les deux garçons montent à bord. Il est bondé. Luke est étonné de ce qu'il y voit : des mères avec des enfants entassés sur des sièges; une femme qui allaite son enfant; d'autres qui transportent des paniers de fruits; un homme avec des poulets sur les genoux.

«N'y a t-il donc aucune réglementation pour les autobus?» se demande Luke en avançant dans l'allée suivi de Themba. Ils doivent rester debout. D'autres personnes s'entassent. Luke sent la sueur ruisseler sur son visage et dégouliner dans son dos. Sa chemise lui colle à la peau.

De toute façon, ils doivent aller à la mine. Il y aura peut-être quelques personnes qui descendront au prochain arrêt. L'autobus souffle et tousse au démarrage, puis il descend la rue avec fracas. Le klaxon beugle. Les gens libèrent le passage.

★   ★   ★

Chaque fois que le vieil autobus passe sur une bosse ou

dans un trou, Luke sent tous ses os trembler. Il tend le cou pour voir par-dessus la mère et son enfant qui sont assis près de lui. Dans un pré, il voit des femmes marcher avec de grosses pierres sur leur tête. Elles les prennent sur un tas et les apportent à l'autre bout du champ pour construire une clôture. Dans un autre champ, des jeunes filles suivent un sentier poussiéreux en maintenant d'une main des baquets d'eau sur leur tête. Au loin, d'autres femmes et d'autres jeunes filles ploient sous le poids des fagots de bois qu'elles transportent.

La chaleur fatigue Luke et le rend maussade. Les freins crissent et l'autobus s'arrête. Un homme descend. Quatre autres personnes veulent monter. Luke se fait pousser au fond de l'allée. Il frôle Themba.

- Pardon, mon vieux. Combien de temps ça va prendre?
- Six heures, répond Themba distraitement.
- Six heures! Tu avais dit trois dans la voiture.
- Oui, trois en auto. Mais on est en autobus.
- Ça, je le sais, rouspète Luke.

Themba le regarde.

- Tu vas à l'école? s'empresse de demander Luke pour changer de sujet.
- J'ai eu une journée de congé pour aller te chercher, précise Themba en faisant un signe d'approbation.
- Merci.

Themba regarde droit devant lui.

«Il n'est pas très volubile», se dit Luke. L'autobus s'arrête de nouveau. Des personnes en descendent et d'autres y montent. «On n'y arrivera jamais à ce rythme! Nous avons au moins des places assises maintenant!»

Cinq heures de voyage à se faire ballotter sur des bancs en bois viennent à bout de Luke. Il a l'impression que ses yeux sont remplis de sable. Pas étonnant que ça prenne tant de temps; l'autobus s'arrête chaque fois que quelqu'un fait signe de la main. Themba regarde toujours par la fenêtre. Il n'a pas desserré les dents.

- La vie est différente au Canada, Themba. Si j'étais là-bas, j'irais à l'école et je me préparerais pour la saison de hockey.
- De hockey?

- Oui. C'est mon père qui m'a montré comment y jouer. Chaque hiver lorsque j'étais petit, il fabriquait une patinoire...
- Une patinoire?
- Oui. Tu sais, il arrosait la cour.
- Arroser la cour? Pourquoi?
- Pour faire geler l'eau pour faire une patinoire, explique Luke. Themba l'irrite. Il ne comprend pas grand-chose.
- ...De toute façon, mon père jouait au hockey junior lorsqu'il allait au collège aux États-Unis. Il est venu au Canada où il a rencontré ma mère. Ils se sont mariés et mon père s'est trouvé un travail à la mine.

Themba regarde Luke d'un air narquois. Est-il intéressé par la conversation? Luke n'en sait rien. L'autobus fait une embardée puis s'immobilise.

- Ce type s'arrête n'importe où, maugrée Luke. N'y a-t-il aucun vrai arrêt d'autobus?
- Pourquoi? Puisque cet autobus s'arrête..

L'autobus redémarre.

- Je ne suis pas du tout inquiet, poursuit Luke. Je veux dire au sujet de mon père. Il a toujours été dans les mines.
- Un accident est vite arrivé.
- Pas si on sait ce qu'on fait.
- Si un accident doit arriver, que peux-tu faire?
- Tu ne restes pas assis à attendre qu'il survienne. C'est la règle numéro un!

«Oh, la la! Cette conversation ne nous mène nulle part», se dit Luke en appuyant sa tête sur ses bras repliés. «Comme ça fait du bien de fermer les yeux». Le soleil darde ses rayons par la fenêtre. Luke se sent enveloppé d'une douce chaleur. Des images familières de Sudbury surgissent dans sa mémoire. Il a l'impression de flotter... et sombre dans le sommeil.

L'autobus s'écarte de la route, puis s'immobilise brusquement. La tête de Luke glisse sur le côté et Luke doit s'agripper à son siège pour ne pas tomber dans l'allée.

Le conducteur descend du véhicule. Les passagers font de même et se tiennent en bordure de la route. Luke et Themba les suivent.

Themba va près du chauffeur et regarde sous l'avant du

véhicule. Luke l'imite.

- Qu'est-ce qu'il y a?
- Un essieu de brisé.
- Oh non! soupire Luke. Qu'est-ce qu'on va faire?
- Attendre le prochain autobus.
- Et quand passe-t-il? s'inquiète Luke en regardant la route dans l'espoir de le voir arriver.
- Demain.
- Demain! Mais ça n'a aucun sens! hurle-t-il.

Luke fait voler son sac à dos au-dessus de sa tête. Le sac s'écrase contre le rétroviseur extérieur de l'autobus. Le rétroviseur tournoie et heurte Luke en pleine poitrine.

- Ouch! fait Luke.

Les passagers éclatent de rire. Luke se relève. Il se sent pris au piège et serre les poings. Themba se tord de rire.

- Qu'est-ce qu'il y a de si drôle? fulmine Luke.
- Tu te comportes comme un enfant, répond Themba.
- Mon père est peut-être pris au fond de cette mine, tu sais!
- Mon père y est lui aussi, c'est le contremaître de la mine, lui répond Themba après quelques instants.

Luke rougit.

- Je... Je ne savais pas.

Pourquoi Themba ne le lui avait pas dit plus tôt?

- Qu'est-ce qu'on peut faire? demande-t-il en regardant Themba Il doit être aussi inquiet que lui. C'est ce qui explique son silence.

Themba s'approche de Luke et pose sa main sur son épaule.

- Suis-moi. Viens.

Et ils se mettent en route.

★ ★ ★

Ils marchent dans une ravine profonde; la terre orange se soulève sous les pas de Luke. Dans cet après-midi tardif, un seul bruit se fait entendre : celui des chaussures qui heurtent de petits cailloux et les font voler dans les airs. Luke retire son veston, l'enroule autour de son bras et s'éponge le front. Le soleil est tellement chaud! Plus chaud que le soleil d'été au

Canada. Ses rayons lui brûlent les épaules et les bras.

Loin devant, Themba marche lentement pour montrer le chemin. Depuis une heure, ni l'un ni l'autre ne se sont adressé la parole. «J'espère qu'il connaît la route», s'inquiète Luke. «S'il fallait qu'on se perde?»

Themba emprunte un petit sentier qui a été envahi par la végétation. Les tiges rigides se prennent aux jeans de Luke. Sa langue claque sèchement dans sa bouche. Il aspire de l'air pour essayer de la rafraîchir puis se passe le dos de la main sur les lèvres. Il ne se sent pas mieux.

Soudain, Luke comprend pourquoi Themba a emprunté cet étroit sentier. Trois mètres plus loin, dans une petite clairière, il y a une pompe à eau. Luke y court. Themba actionne déjà la poignée en haut et en bas.

L'eau jaillit du tuyau. Luke se penche et la laisse courir sur ses cheveux. Il s'arrose la figure et les bras. Il place ses mains en forme de coupe et porte un peu d'eau à sa bouche.

- Beurk! Elle a un goût horrible!

- Elle est saine, répond Themba. L'eau du ruisseau n'est pas bonne à boire.

Luke qui s'arrose de nouveau la figure et les mains ne porte pas attention aux paroles de Themba. Themba arrête d'actionner la pompe.

- Attends, propose Luke. Je vais te remplacer et tu pourras boire.

- Installe-toi à côté et repose-toi, lui conseille Themba lorsqu'il a terminé. Tu dois te reposer un peu.

- Non. Est-ce que tu penses à mon père? Et au tien?

- Juste quelques minutes, insiste Themba avec autorité.

- Bon, d'accord, mais pas longtemps, concède Luke en s'assoyant à l'ombre d'un acacia.

Themba escalade une petite colline et s'éloigne hors de vue. Luke ferme les yeux. Tout est si tranquille. Au-dessus de sa tête, les feuilles dans les branches s'agitent légèrement.

Luke peut entendre la voix de Themba, mais il ne comprend pas ce qu'il dit. Il a l'impression que Themba frappe ses mains l'une contre l'autre. L'appelle-t-il? Il se lève en s'appuyant sur un bâton tout près, puis il le passe derrière sa tête et l'appuie contre ses épaules en le tenant aux deux extrémités. Themba est accroupi sur un petit rocher qui surplombe le sol. Il semble fixer quelque chose au-delà de la vallée desséchée qui s'étend loin devant eux. Mais ses yeux sont fermés. Il est calme et d'une voix basse répète toujours la même phrase tandis que ses mains en coupe battent le rythme.

- Prêt à partir, Themba?

Themba ne bouge pas. Il continue sa mélopée.

- Themba, es-tu prêt à partir? répète Luke en haussant la voix.

- Je demande à mes ancêtres de venir en aide aux gens qui sont dans la mine...

- À tes ancêtres? s'étonne Luke en laissant entendre un faible rire. Tu crois pas ce genre de choses? Viens-t-en. Tu pourras toujours leur demander en marchant.

- Tu n'es qu'un ignorant et tu m'insultes!

De son index, Themba frotte le bord du rocher. Il regarde au-delà de la vallée, prend une grande inspiration et se lève lentement. Puis il saute en bas du rocher et s'éloigne.

- Je suis désolé! lui crie Luke en donnant des petits coups de bâton contre son soulier dans un geste d'impatience.

★ ★ ★

Themba vérifie la position du soleil. Les ombres commencent déjà à s'étendre comme des animaux aux aguets. Themba sait que la nuit ne va pas tarder à les surprendre. Il étudie l'endroit où ils sont. Il dépasse Luke avec rapidité et grimpe une légère pente entre deux rochers.

Luke a l'impression que ses jambes sont en caoutchouc. Il n'a presque pas dormi depuis qu'il a quitté le Canada, deux jours plus tôt. Il se dit qu'il doit continuer. Sur sa gauche, il entend le bruit de l'eau qui court sur les pierres.

- Oh, comme j'ai soif!

Il se précipite près du ruisseau, place ses mains en coupe et s'arrose le visage. Sa bouche est aussi sèche que la terre. Il ne peut s'empêcher de porter l'eau à ses lèvres.

- Non! Non! Ne bois pas cette eau! lui crie Themba en

courant près de la berge.

- Elle est bonne.

- Je t'ai dit de ne pas en boire. Elle n'est pas saine!

- Je me sens très bien! répond Luke en mettant l'accent sur chacun des mots.

Themba lui tourne le dos et grimpe de nouveau la pente. Luke le suit d'un air penaud. Ils luttent contre leur lassitude et les rochers qui jonchent le sol. Il y a peu de terre. On dirait qu'elle a toute été lavée et soufflée au loin. Les rochers retiennent la chaleur du soleil. Ils sont brûlants au toucher. Luke transpire abondamment. Son estomac le travaille. Il frissonne.

«Oh, comme je suis fatigué», se dit-il. «Il faut que je continue.»

- Il y a trop de route à faire jusqu'à la mine, lui fait remarquer Themba par-dessus son épaule.

- On y arrivera, répond Luke tandis qu'il ressent une douleur vive au côté, comme si un poignard venait de s'enfoncer dans sa chair.

- Il est préférable d'aller à mon village, dit Themba en pointant une direction plus à l'est.

- Nous allons à la mine! insiste Luke en s'essuyant le front d'une main et en se massant le côté de l'autre main.

- C'est l'eau, dit calmement Themba.

- Ce n'est que la fatigue, répond Luke en se pliant en deux, les mains sur les genoux.

La douleur est toujours là.

- Avançons! ordonne-t-il.

À peine fait-il quelques pas qu'il s'effondre. Themba l'aide à se relever.

- Themba, dit-il en grimaçant, je ne me sens pas très bien.

Ils marchent lentement.

- Ça va aller, Themba, insiste Luke avec un demi-sourire. Je peux marcher tout seul, je t'assure.

Le ciel rougeoie sous le soleil couchant. Les oiseaux font bruire les feuilles au sommet des arbres. Les chiens hurlent dans la vallée. Le chant des coqs annonce à Themba que la nuit arrive à grand pas.

Luke vacille.

- Themb...

La poussière se soulève comme de la fumée quand il s'effondre de tout son long sur le sol.

4

À LA RESCOUSSE

- *NDINE NZARA. NDINE NYOTA,* fait la voix d'un jeune enfant. Une chèvre bêle. Un poulet caquette. Un coq chante. Ahuri, Luke ouvre les yeux. Il a l'impression que son corps est comme un élastique étiré. Ses doigts se frottent contre la natte de paille sur laquelle il est étendu. Où est-il? Il fait courir ses doigts sur le bord de la natte. Il est sur le sol. La chambre dans laquelle il se trouve est ronde et les murs sont en boue séchée d'un brun rouge. Au-dessus de lui, des tiges de bois sont disposées tels les rayons d'un parapluie et se réunissent au milieu du plafond. Elles sont recouvertes de chaume.

- *Ndine nzara! Ndine nyota!* insiste la voix de l'enfant. Puis il se met à pleurer.

Luke entend un léger claquement et regarde d'où vient le bruit. Une petite lamelle, poussée par le vent, cogne contre une petite ouverture tout en haut du mur. Tout près, quatre paires de short gris de taille différente, une paire de jeans et quelques chemises sont suspendues sur une corde. De l'autre côté de la pièce, une ouverture, qui doit être la porte, est fermée par un morceau de tissu bleu que le vent agite légèrement. Un rayon de soleil s'infiltre dans la chambre chaque fois que le rideau se soulève.

- Themba! appelle Luke d'une voix enrouée.

Il tousse pour s'éclaircir la voix.

- Themba! Themba! appelle-t-il de nouveau avec insistance.

Themba écarte le rideau, entre, s'agenouille auprès de Luke et pose le dos de sa main sur son front.

- Où sommes-nous? demande Luke

- Nous sommes chez moi, répond Themba.

Luke se sent encore très faible.

- Tu demeures ici? Dans ça? Dans une hutte?

- Oui, répond Themba en le regardant, dérouté par cette question.

Un vieil homme se tient dans l'encadrement de la porte. Il porte un pantalon de toile rayé gris et blanc, une chemise rose passée, un foulard autour du cou et un vieux chapeau sur la tête.

- Qui est ce vieil homme? demande Luke.

- *Sekuru...* mon grand-père.

- Oh! Bonjour, monsieur, dit Luke poliment.

Le vieil homme fait un petit signe de tête et pénètre dans la pièce. Il s'accroupit auprès de Luke. Ses longs doigts tout ridés lui tâtent l'estomac, puis abaissent ses paupières inférieures pour examiner attentivement le blanc des yeux de Luke. Le vieil homme fait un signe de tête à Themba et prononce des paroles que Luke ne comprend pas. Puis, il ramasse un bol de bois contenant une poudre blanche et sort de la hutte.

- Est-ce qu'il est une sorte de sorcier? murmure Luke.

Themba baisse la tête et sourit fièrement.

- Il est notre *n'anga*. Notre guérisseur. Sa médecine t'a guéri.

Soudain Luke se sent envahi de panique.

- La mine! Et la mine? As-tu entendu quelque chose?

Nos pères et cinq autres personnes sont coincés en dessous. Ils devraient bientôt les faire sortir de là.

- Aide-moi à me lever, Themba!

Les genoux de Luke tremblent sous son poids. Themba renforce sa poigne et aide Luke à se relever.

- Tu dois manger.

Ils sortent. Une intense luminosité frappe les yeux de Luke. Il les protège avec sa main. À l'autre bout du jardin, une femme discute avec le grand-père de Themba. Elle porte un pagne jaune citron drapé autour de la taille. Un chiffon bleu est noué sur ses hanches pour faire une écharpe pour l'enfant qu'elle transporte. Un bonnet de laine rouge cache ses cheveux. Trois garçons se courent après.

En voyant les deux garçons sortir, la femme quitte le vieil homme et se dirige vers eux. Les trois petits garçons arrêtent leur jeu et se précipitent aussi vers eux. Tous les quatre se mettent à taper des mains.

- Voilà ma mère, Tendayi, dit Themba à Luke.

Tendayi sourit chaleureusement. «Elle est tellement jeune, se dit Luke, et très jolie.»

- Bienvenue, Luke Novak, fait celle-ci.

Luke sourit. Il ne sait pas trop quoi faire ou quoi dire.

- Voici mes autres fils. Tiyani...

- Bonjour Tiyani.

- ...et Murhiko...

- Allô, dit rapidement Luke pour ne pas avoir à prononcer un nom aussi difficile.

- ...et Enok.

- Allô, E-nok, répète Luke en s'appliquant.

Les trois garçons ricanent derrière leurs mains. Ils se rapprochent pour mieux voir ce garçon blanc que Themba a amené à la maison la nuit dernière. Il y a eu beaucoup de brouhaha à leur arrivée et on est allé chercher grand-père immédiatement. Ce n'était pas un bon signe. Cela signifiait que quelqu'un était très malade.

Tendayi prend dans ses bras le bébé qu'elle porte sur son dos.

- Voici bébé Mirai, présente-t-elle. Elle vient juste de pleurer. Mirai, Mirai, fait-elle en lui caressant les joues pour l'apaiser.

Le bébé se frotte les yeux et recule, effrayé par l'étranger.

- Allô, Mirai, dit Luke d'une petite voix. Qu'est-ce qui ne va pas, Mirai? ajoute-t-il en lui caressant les cheveux.

Le bébé recommence à pleurer de plus belle. Tous éclatent de rire.

- Viens, dit Themba en entraînant Luke sous un arbre où une vieille femme est assise, versant de la nourriture dans deux bols.

La vieille femme montre à Luke un petit tabouret taillé dans un tronc de l'autre côté de l'arbre. Luke s'assoit.

- Je te présente ma *ambuya*... ma grand-mère, Luke, dit Themba en s'assoyant sur le sol, à côté de Luke.

- *Mangwanani! Marara here?* demande la grand-mère en souriant avec fierté tout en montrant d'abord Luke puis son mari. Elle porte une robe rouge et noir. Un foulard est noué autour de sa tête. Son visage, marqué par les années, est doux.

- *Ndarara kana mararawo.*

- *Ndarara.*

- Themba, que dit-elle? murmure Luke.

- Elle a dit bonjour et elle a demandé si nous avions bien dormi. Elle parle en shona. C'est notre dialecte.

- Oh! fait Luke.

Il sourit à la grand-mère aux yeux pétillants de malice et fait signe que oui avec sa tête.

- Voici ma soeur Tulani, ajoute Themba en tapant sur l'épaule de Luke.

La jeune fille vient d'arriver. Elle est toute délicate et affiche un grand sourire. Elle doit avoir à peu près quinze ans, pense Luke. Ses cheveux crépus très courts font paraître ses yeux encore plus grands et plus brillants. Elle transporte une bassine d'eau.

- Bonjour, Tulani.

Tulani lève les yeux pour regarder Luke. Elle sourit rapidement puis regarde de nouveau le sol. Elle approche la bassine près d'eux. Themba se lave aussitôt les mains et fait signe à Luke d'en faire autant.

- Oh, merci Tulani, s'empresse de dire Luke en trempant ses mains dans l'eau. Tu parles anglais?

- Un petit peu.

Tulani fait une petite révérence.

- Luke Novak, de la ville de... Sudbury, de la province d'Ontario au Canada, récite-t-elle.

- Hé, c'est moi! fait Luke, ravi.

Elle avait manifestement préparé ce petit discours. Luke lui fait un clin d'oeil.

- Tulani, laisse-nous manger, demande Themba à sa soeur.

Tulani lui lance un regard de défi et s'en va.

La grand-mère de Themba pousse les deux bols devant lui. Il en prend un et, avec ses doigts en guise de cuillère, prend une pâte blanche qu'il trempe dans l'autre bol qui contient quelque chose de noir. Themba façonne le tout en une boule.

- Mange, Luke, dit-il en poussant les deux bols vers le garçon.

Luke hésite. Il regarde les deux bols. Il ne veut surtout pas'offenser Themba ou sa famille.

Luke goûte un peu de pâte blanche. Ça goûte le gruau. Themba lui tend l'autre bol. Luke prend quelques morceaux de cet aliment noir qu'il ne connaît pas et les porte à sa bouche. Il mâche lentement. C'est salé, mais bon. Themba et sa famille le regardent avec insistance, attendant son approbation.

- Hé, ce n'est pas mauvais. Qu'est-ce que c'est?

- *Ishwa.*

- Oui. *Ishwa,* répète la grand-mère de Themba en affichant un large sourire.

- *Ishwa* d'accord, répète Luke.

Themba sourit. Il sait que Luke fait semblant d'aimer ça.

- C'est une pâte faite à partir de termites volantes, explique-t-il.

Luke recule sa tête de dégoût. Il arrête de mastiquer. Mais son estomac qui n'a pas eu de nourriture depuis une journée gronde de colère. Le jus de l'*ishwa* glisse dans sa gorge.

Ce n'est pas si mauvais, se dit-il. Plus il mastique, plus il aime ça. Themba lui tend l'autre bol.

- Mange-le avec ceci. C'est très bon.

Luke prend encore un peu d'*ishwa* qu'il trempe dans la pâte avant de le façonner en boule comme Themba l'avait fait. Un murmure de plaisir se fait entendre. Luke affiche un grand sourire. Tous se mettent à rire et commencent à manger.

★ ★ ★

La petite camionnette jaune soulève la poussière en traversant le village en direction des huttes qui composent la maison familiale de Themba.

- Mme Petersen vient nous chercher pour nous conduire à la mine, explique Themba à Luke.

- Mme Petersen?

- Elle est agronome; elle vient de Suède. Elle travaille avec les femmes de cette région pour les aider à obtenir de plus beaux fruits et légumes de leurs jardins.

Le klaxon se fait entendre et la camionnette glisse dans la cour.

- Allô! s'écrie Mme Petersen en faisant un signe de la main par la vitre ouverte.

Themba aide Luke à se relever et ils se précipitent vers la camionnette.

- Allô, Themba.

- Bonjour, Mme Petersen. Bonjour, Inga. Voici mon ami, Luke Novak.

- Bonjour, Luke. Je suis Karin Petersen. Voici ma fille Inga.

Luke se penche pour regarder dans la camionnette. Il retient son souffle en voyant les yeux bleus pâles d'Inga. Une mèche de cheveux blonds comme la paille retombe sur son front.

- Allôoo, dit-il en faisant traîner la dernière syllabe.

Inga rougit. Themba secoue l'épaule de Luke et le conduit à l'arrière de la camionnette. Les garçons grimpent à bord. Luke s'assoit de sorte qu'il puisse voir Inga par la fenêtre arrière de la camionnette.

- *Chisarai! Tichaonana!* lance Mme Petersen à la mère de Themba.

- *Mufambe zvakanaka! Tichaonana!* répond Tendayi en faisant un signe de la main.

Mme Petersen recule la camionnette pour sortir de la cour. Luke et Themba rebondissent à l'arrière, tandis que la camionnette prend de la vitesse, fonçant dans chaque trou et bosse de la route. Tendayi interpelle Themba. Celui-ci fait signe que oui et lui fait à son tour un signe de la main.

- Qu'est-ce qu'elle t'a dit, Themba? demande Luke.

- Elle a dit de ramener nos pères sains et saufs.

Depuis qu'il a vu Inga, Luke ne pense plus au danger que son père court dans la mine. Il est honteux et en colère contre lui. Il sent la peur lui nouer la poitrine.

★   ★   ★

Mme Petersen passe en troisième lorsque la camionnette longe une grande enseigne où l'on peut lire: Mine no. 12 d'Afrique de l'Est de l'International Copper. Luke jette un coup d'oeil à Themba.

Il ne semble jamais inquiet. Il est toujours tellement calme. N'aime-t-il pas son père?

Une faible mélopée se fait entendre lorsque la camionnette se dirige vers un arrêt. Luke se sent rempli de crainte en entendant la complainte triste des femmes.

- M. Walker! crie Karin Petersen par la fenêtre. M. Walker, le fils de Joe Novak est ici.

M. Walker, un grand homme de forte carrure lève la tête. Il

est à l'entrée de la mine et dirige des gens qui arrivent avec des civières. Il se fraie un chemin parmi les femmes qui chantent.

- Luke, dit-il sévèrement avec un fort accent britannique à l'endroit du jeune homme, tu as vraiment fait peur à M. Lungani.

«C'est bien ça les adultes, se dit Luke. Ils s'inquiètent toujours pour les mauvaises choses.» Il passe devant M. Walker.

- Qu'est-ce qui se passe? Où est mon père?

- Ils n'ont pas répondu à l'équipe de secours... mais ce n'est pas trop...

Luke se dirige d'un pas décidé vers le trou de la mine. M. Walker l'agrippe et le retient.

- Luke. Non, mon gars. Tu ne peux pas aller là-bas. C'est dangereux. Ce ne sera plus bien long maintenant.

Inga va voir Luke et passe son bras autour de lui.

- Viens, Luke, allons au bureau de ton père.

Tout ce chemin parcouru pour voir son père et il est peut-être... Luke s'empresse de chasser cette idée de sa tête et se laisse guider par Inga jusqu'au bureau. Elle reste sur le pas de la porte et laisse Luke entrer seul.

Luke se dirige vers la table de travail comme s'il marchait dans le brouillard. Si son père était... Non! se dit-il. Je ne dois même pas y penser. Il se mord la lèvre en se laissant tomber sur une chaise. Sur la table, il y a une photo de lui et de son père, prise juste avant le départ de ce dernier. Ils s'amusaient, se bousculaient... Ils avaient davantage l'air de frères. Luke prend la photo et l'appuie contre son front.

Des larmes remplissent ses yeux en voyant le mot de bienvenue que son père lui avait écrit sur la carte.

«Pourquoi fallait-il que tu partes en Afrique?» se dit Luke en abattant son poing sur la table.

C'est à ce moment qu'il remarque le gâteau. Après une journée si chaude, le glaçage a fondu et glissé sur quelques papiers. L'inscription *Bonne aventure africaine* est à peine lisible.

Luke renifle et sourit.

Il repense à ce qu'il s'était dit en prenant l'avion: une vraie aventure africaine. Son père et lui se ressemblent tellement; ils pensent avec les mêmes mots même s'ils sont sur des continents différents. Mais maintenant, c'est trop tard. Maintenant, tout...

- Luke! Luke!

Themba se précipite dans la pièce.

- Luke, la cage de l'ascenseur remonte!

Luke et Themba sortent à toute vitesse et traversent la cour au pas de course, Inga sur leurs talons. M. Walker se tient près du trou de la mine. Les femmes ne chantent plus. Les câbles rugissent et grincent en remontant lentement.

- Vite! Vite! s'écrie Luke en serrant les poings fortement.

- Les voilà! Les voilà! Préparez-vous! ordonne M. Walker.

Un groupe de mineurs se presse à l'entrée.

- Dégagez le chemin! Dégagez le chemin!

Luke se hisse sur la pointe des pieds et s'étire le cou pour essayer de voir.

- Reculez! Faites de la place, ne cesse de répéter M. Walker en repoussant tout le monde.

Une barrière s'ouvre. Le premier homme sort en geignant et en se tenant le bras; un os lui transperce la peau. En voyant le mineur blessé, M. Walker ordonne aux secouristes de se dépêcher. Deux autres hommes sortent. Encore deux. Ils trébuchent et portent leurs mains à leurs yeux pour se protéger de la lumière. Un autre mineur sort.

«Où est-il? Où est mon père?» s'inquiète Luke.

5

IL N'Y A PLUS D'EAU

THEMBA LAISSE LUKE et se dirige vers le dernier homme qui vient de remonter. Ils se regardent et se serrent la main.

Luke perd l'équilibre en essayant de se hisser encore plus sur la pointe des pieds.

- Papa! crie-t-il comme dans un cauchemar.

Il se sent mal.

Soudain, un autre homme émerge. Il est couvert de bleus et de terre.

- Papa? Papa! s'écrie Luke en courant se jeter avec soulagement dans les bras de l'homme.

- Luke? dit son père d'un ton incrédule.

Il repousse un peu son fils pour mieux le voir.

- Luke, comme tu as grandi!

Luke est réconforté par l'étreinte chaleureuse que lui donne son père. Ce dernier lui frotte les cheveux de sa large main.

- Luke! Je suis tellement heureux de te revoir!

Luke sent son coeur bondir de joie.

Spontanément, les mineurs se mettent à applaudir, heureux que leurs collègues de travail soient sains et saufs. Luke remarque que Themba et un homme le regardent. Il leur fait un grand sourire. Themba lui rend son sourire, heureux que son père et celui de Luke soient hors de danger. Sa mère allait être contente.

Les femmes ont repris leurs chants. Mais, cette fois-ci, ce sont des sons aigus qui s'élèvent dans les airs un peu comme le cri des oiseaux lorsqu'ils quittent les arbres. Les voix montent de plus en plus haut. Les femmes battent le rythme avec leurs mains, puis avec leurs pieds. Heureuses, elles encerclent Luke et son père. Themba s'approche d'eux, passe son bras autour des épaules de Luke et l'entraîne au rythme de la musique.

★ ★ ★

La fumée noire qui s'échappe par le trou de la mine le fait tousser. Il se penche au-dessus de l'ouverture pour voir si la cage remonte. «Papa! Papa! sa voix se brise et résonne dans le puits. À l'aide! l'aide!»

Luke se dresse dans son lit. Au-dessus de lui, une mousti-
quaire est suspendue comme un voile. Il l'éloigne de lui. Les
images de son cauchemar persistent.

Un crachotement se fait entendre à l'extérieur, puis plus rien.

- Papa? appelle Luke.

Il se sent encore tellement fatigué. Il se laisse retomber dans
son lit. Sur sa poitrine, les draps sont chauds et réconfortants.
Il se dit qu'il doit se lever, aller trouver son père. Le plancher
de tuiles est frais sous ses pieds.

Le crachotement se fait de nouveau entendre, puis s'arrête.
Luke marche en direction du bruit. Par la fenêtre, à côté de la
porte d'en avant, il aperçoit son père qui semble bricoler après
quelque chose. Il sort sur la véranda.

- Bonjour! Hé, où as-tu pris cette moto?

Le père de Luke se relève et se tourne vers son fils.

- Une moto? Quelle moto?

Luke traverse l'allée. Les petits cailloux lui blessent la plante
des pieds comme de fines aiguilles.

- Wow! Fantastique! Ce doit être merveilleux pour se pro-
mener par ici!

- Tu devras t'amuser avec le démarreur... les pneus sont
difficiles à trouver, alors ne les brise pas. Et fais attention... ta
mère ne me le pardonnerait jamais s'il fallait qu'il t'arrive
quelque chose. Tiens, mets ça, ajoute-t-il en tendant un casque à Luke.

Luke regarde son père. Il n'en croit pas ses yeux.

- Tu veux blaguer, papa, lance-t-il.

Il ajuste le casque sur sa tête et saute sur la moto, faisant
semblant de passer les vitesses.

- Je peux aller voir Themba?

- Bien sûr, fait Joe en éclatant de rire. Mais il faudrait
peut-être que tu t'habilles, pour commencer.

Luke rougit. Il descend de la moto, dépose le casque et
chahute avec son père. Joe poursuit son fils jusque dans la
maison.

★   ★   ★

Luke appuie sur l'embrayage et la moto prend de la vitesse, franchit une petite colline, décrit un arc dans les airs, et atterrit sur ses deux roues quelques mètres plus loin.

- Yahou!

Luke tourne un coin et la poussière retombe comme de la suie sur les femmes et les filles qui marchent le long du chemin. Il est tellement enivré par le fait d'avoir une moto qu'il ne s'en rend même pas compte. Il passe en quatrième vitesse. Il sent l'engin vibrer contre ses jambes.

- C'est merveilleux l'Afrique!

★   ★   ★

- *Mhoroi!*, crie Mme Petersen de sa voiture aux femmes du village qui travaillent dur dans le coin des légumes.

- *Makadii?* demande la mère de Themba en s'avançant pour l'accueillir.

Murhiko est déjà en grande discussion avec Mme Petersen. Il aime bien la camionnette.

- *Ndiripo makadiiwo,* répond Mme Petersen à Tendayi en riant.

- *Ndiripo,* répond Tendayi.

Murhiko fait courir sa main sur le rebord de la portière, fixant le tableau de bord.

- Murhiko vient juste de me demander le prix de ma dot, explique Mme Petersen à Tendayi en riant tandis qu'elles se dirigent vers le coin des légumes.

- Oh, oui, fait Tendayi en riant à son tour. Il m'a raconté qu'il voulait épouser une belle femme qui ait une belle camionnette.

- Je serai un peu trop âgée pour bien paraître quand il sera en âge de se marier, blague Mme Petersen en passant son bras autour de Tendayi.

Toutes deux rient à cette idée.

- *Mhoroi!* lance d'une voix claire Mme Petersen aux autres femmes qui sarclent autour des jeunes plants.

Tendayi et elle s'arrêtent près de la pompe. Une jeune femme actionne avec ardeur le levier fait à partir d'une branche. À l'extrémité de ce levier, un tuyau recourbé comme une houlette crache l'eau dans une sorte de bac arrondi, en métal. L'eau se déverse ensuite dans un autre creux et est entraînée dans un sillon où de jeunes plants de tomates sont en fleurs.

– *Zvakanaka!* Oui, ça va. Tout semble bien aller. Vous aurez de beaux plants bien forts. Ce sera une bonne année pour la vente. Une excellente année.

Luke ralentit en entrant dans le village.

– Mme Petersen! Mme Petersen! s'écrie-t-il en se soulevant de son siège pour la saluer.

– Bonjour, Luke, dit-elle en regardant les jeunes fils de Tendayi courir vers Luke, intrigués par la moto.

– Salut les gars, dit Luke en déposant son casque sur la tête de Murhiko.

Enok pouffe de rire. Tulani sort de la hutte et vide une bassine d'eau sur le sol, puis la dépose sur une chaise de bois d'un bleu luisant. Elle porte une robe fleurie courte et toute simple et elle est nu-pieds. Luke va la voir.

Tulani baisse les yeux et tape des mains en faisant une révérence. Luke fait la même chose, ce qui fait rire Tulani.

– Qu'est-ce qu'il y a? Qu'est-ce que j'ai fait de mal?

Tulani refait son geste, une paume par-dessus l'autre comme pour applaudir.

– Ça, c'est pour les femmes, explique-t-elle.

Puis, elle frappe des mains de sorte que les doigts et la paume de chaque main se touchent.

– Ça, c'est pour les hommes.

– Oh, fait Luke en riant à son tour et en répondant correctement à son accueil.

Puis il lui sourit avec chaleur et la regarde droit dans les yeux. Tulani détourne les yeux et tire sur sa robe.

– Je suis venu voir Themba, explique Luke pour briser cette gêne.

– Themba construit un bassin pour les vaches là-bas, dit-elle en montrant un champ près d'une petite colline.

– Qu'est-ce que tu faisais?

– Mirai ne va pas bien. Je viens juste de faire sa toilette.

- Oh, pauvre petite. Je peux aller la voir?

Tulani fait un petit salut, acquiesce, se retourne et devance Luke dans la hutte. Sur un morceau de tissu au centre du plancher, Mirai agite ses pieds et ses mains en gazouillant.

Luke s'agenouille près d'elle.

- Allô, petite. Alors, ça ne va pas très bien?

Il se couche à côté d'elle et souffle sur un de ses pieds.

Mirai se met à rire, lève le bras et lui touche les cheveux. Luke lui saisit la main et fait semblant de vouloir la dévorer. Mirai pousse des petits cris de plaisir.

Tulani regarde Luke. Elle admire sa façon si naturelle de s'occuper de sa petite soeur. C'est un gentil garçon, pense-t-elle. Il fera un bon père.

Luke se rend compte qu'elle le regarde avec une vive attention. Gênée, elle passe sa langue sur ses lèvres et baisse les yeux tout en tirant sur sa robe.

- Qu'est-ce qu'elle a? s'inquiète Luke.

- Elle a le *gwiri kwiti*. Vous appelez ça... la rougeole.

- La rougeole, hein? répète Luke en caressant gentiment les joues de Mirai. Je l'ai déjà eue, moi aussi..., lui dit-il d'une petite voix. Ça n'a duré que quelques jours. Tu iras bientôt mieux. Oui, tu seras bientôt guérie.

Mirai babille.

- Tiens, je vais te montrer quelque chose, ajoute-t-il en enlevant sa montre et en appuyant sur un bouton pour la faire sonner.

Le rire léger de Mirai emplit la hutte. Luke lui montre sur quel bouton appuyer. La montre sonne et sonne encore. Chaque fois, Mirai éclate de rire.

Luke surveille Tulani par-dessus son épaule. Elle rit elle aussi. Soudain, elle se lève.

- Je dois aller aider *mai*, explique-t-elle timidement.

- *Mai?*

- *Mai*. Ma mère.

- Oh!

Elle sort par l'ouverture pratiquée dans la hutte. Le bruit de ses pas s'estompe à mesure qu'elle s'éloigne.

- Je vais aller à un autre village m'assurer que tout va bien,

Tendayi. *Chisarai! Chisarai!* lance Mme Petersen aux femmes. Elle se penche pour passer sous la petite clôture qui maintient les pousses tendres hors de portée du bétail.

- *Fambai zvakanaka!* répondent les femmes.

- Themba a trouvé un bon ami en Luke, Tendayi. Au revoir, Luke! lance-t-elle à Luke au moment où il monte sur sa moto.

Luke appuie sur l'embrayage. Le moteur ronronne. Il fait un signe de la main à Tulani qui lui répond et lui fait un grand sourire. Luke se tasse sur le siège de sa moto, comme le font les vrais coureurs. La poussière s'élève en spirales lorsque la moto traverse la cour. Luke tire la moto vers lui pour faire une pirouette. Des rires fusent de partout. Les femmes arrêtent leur travail, les plus vieux du village interrompent leur discussion, et les enfants, les tâches infimes qui leurs sont attribuées pour regarder Luke voler à travers champs.

- Themba! Hé, Themba! crie Luke à pleins poumons.

La binette de Themba, qui mordait le sol brûlé, s'arrête. Themba porte une main à ses yeux qui se plissent d'admiration en voyant Luke s'avancer vers lui sur sa moto.

Luke appuie sur les freins et la roue arrière décrit un cercle, envoyant une pluie de terre.

- Hé, Themba, tu viens faire un tour?

- Où as-tu eu ça? demande Themba en touchant le moteur.

- Mon père me l'a offerte. Tu devrais voir les motos qu'il y a dans mon pays, des Yamahas, des Harley Davidson... de vrais monstres...

Luke s'arrête au milieu de sa phrase. Il se rend compte que Themba n'a probablement jamais eu l'occasion de voir de telles motos.

- Elle a besoin d'un peu de polissage. Je vais faire la mise au point. Ce sera une merveille.

- Je peux t'aider?

- Bien entendu. Viens, monte!

Luke tend un casque de réserve que son père a déniché quelque part dans la maison. Themba grimpe derrière lui. Luke appuie sur l'embrayage. Le moteur vrombit tel un animal prêt à bondir. La moto se cabre comme un cheval sur ses pattes arrière. Themba se tient solidement tandis qu'ils traversent le champ. Des jeunes enfants leur courent après le long du sentier, sautant et criant d'excitation.

Tous dans le village sont ébahis en voyant Luke et Themba. Les rires fusent semblables à un vent fort. Luke et Themba tournent en rond. Plus ils tournent, plus les rires augmentent.

- Tulani! Tulani! crie Tendayi à sa fille par-dessus le vacarme. Encore de l'eau pour ces plants, demande-t-elle en se penchant et en déplaçant la bassine vers une autre rigole.

Tulani, les mains en coupe sur sa bouche, regarde avec ravissement les bouffonneries des deux jeunes en moto et les garçons du village qui bondissent après eux comme des petits chacals.

- Tulani! l'appelle de nouveau sa mère. Encore de l'eau.

- Oui, *mai*, répond Tulani en se déplaçant vers la pompe tout en gardant un oeil sur le spectacle qui amuse tout le village.

Elle actionne automatiquement la poignée vers le haut, puis vers le bas, sans perdre Luke des yeux. La poignée est plus lâche que d'habitude. Elle n'entend pas le bruit de l'eau qui remonte à la surface. Mais la moto de Luke est tellement bruyante. Tulani pompe avec un peu plus d'ardeur. Toujours aucun bruit, aucun signe d'eau dans la pompe. La moto de Luke s'éloigne du village et prend un virage. Il y a moins de bruit. Tulani essaie encore plus fort. En haut, en bas, en haut, en bas. Rien.

- *Mai!* Il n'y a pas d'eau! Il n'y a pas d'eau!

Sa voix se répercute dans tout le village. Les rires s'arrêtent. Femmes, vieillards et enfants accourent près de la pompe que Tulani actionne toujours.

- *Mvura! Mvura!*, répètent les plus vieux du village encore et encore.

- *Zvi-no-reve-i?* leur demandent les plus jeunes.

- Essaie plus fort, Tulani! lui demande sa mère.

Le rugissement de la moto se fait de nouveau entendre. Le bruit du moteur blesse les oreilles de chacun. Themba remarque l'attroupement près de la pompe. Il tape sur l'épaule de Luke et lui fait signe. Luke dirige sa moto vers les villageois.

- Themba! Themba! La pompe ne fonctionne plus, s'écrie

Tulani.

Themba descend de la moto, se précipite, prend la poignée et, d'un geste énergique, la soulève puis l'abaisse. Rien.

- *Zvaita sei?* demande Tulani.

- *Handizivi,* lui répond Themba en allant vérifier la bassine.

- Poussez. Essayez encore, dit-il.

Sa mère saisit la poignée. Themba s'agenouille et colle son oreille au tuyau pour écouter.

- Qu'est-ce qu'il y a? s'inquiète Luke auprès de Tulani.

- La pompe est brisée. Nous n'avons plus d'eau.

- Pouvez-vous la réparer?

- S'il y a une pièce de brisée, cela va prendre des mois avant de la réparer.

- Mais qu'est-ce que vous allez faire?

- Marcher jusqu'au trou de sonde dans l'autre vallée, explique Tulani en se penchant et en ramassant un vieux seau en métal tout bosselé.

- Marcher! Quelle distance? demande Luke en se rappelant sa longue randonnée avec Themba.

- Deux heures pour aller, deux heures pour revenir. Mirai a besoin d'eau, répond Tulani en s'éloignant sur le sentier.

- Themba, s'écrie Luke.

Themba lève la tête.

- Comment peut-elle faire ça?

- Faire quoi? demande Themba d'un air inquiet.

- Marcher pendant des heures!

- Elle l'a fait toute sa vie, répond Themba en plaçant de nouveau son oreille contre le tuyau tandis que sa mère actionne la pompe.

Toujours rien.

6

UNE VIE FRAGILE

- *IL EST SIX HEURES TRENTE,* raconte Luke dans un petit magnétophone qu'il tient dans sa paume. Mai euh, ça veut dire maman... il traverse le salon. Et je suis avec le grand Joe Novak. Il lace ses bottes et ses admiratrices deviennent déchaînées. Oh, il vient de terminer et il se dirige vers la cuisine. Il va nettoyer ce qu'il reste du déjeuner... non, il décide de prendre une tasse de café chaud. Et il s'apprête à partir. Dites quelques mots, grand Joe Novak..

Le père de Luke fait une grimace. Luke le supplie en silence.

- Bonjour, Diane, dit Joe, puis il se dirige vers la porte.

Luke lui fait signe de dire autre chose. Joe fronce les sourcils.

- Euh... Luke va bien. Il se remet d'une morsure de scorpion. Non... je ne faisais que blaguer. Il va très bien. Merci d'avoir accepté qu'il vienne. Au fait, bon anniversaire... avec un peu de retard.

Luke éteint le magnétophone.

- Merci, papa, dit-il en lui faisant un signe.

- Ne t'attire pas d'ennuis, Luke, et passe une bonne journée. On se voit plus tard.

Luke allume de nouveau le magnétophone.

- Et revoici Luke... il va se servir un oeuf... miam, miam, miam.

Luke fait autant de bruit qu'il peut dans le magnétophone, comme s'il mangeait la bouche ouverte, sachant fort bien que cela agacerait sa mère. Il l'imagine en train de se dire qu'il agit comme un gamin.

★　★　★

Les femmes murmurent près de la hutte. Les jeunes enfants sont assis en cercle, parfaitement immobiles. Tulani est assise à l'écart, appuyée contre la hutte. Ses mains ne tiennent pas en place.

Luke installe la béquille de la moto et dépose son casque sur le siège. Les enfants le regardent à peine. Il ramasse un petit caillou et le tend au plus jeune. Il lui touche ensuite la joue. L'enfant fronce les sourcils. Luke va voir Tulani. Un silence pesant règne.

- Mirai ne va pas mieux? demande-t-il.

Tulani se mord la lèvre et secoue la tête de gauche à droite.

- Themba est encore à l'école?

- Il sera bientôt là, répond-elle dans un souffle.

Soudain des cris percent l'air. Ils viennent de la hutte.

Luke sent son coeur bondir dans sa poitrine.

- Tulani, qu'est-ce que c'est?

Les cris recommencent suivis de quelques mots en shona.

- Est-ce que c'est le *n'anga?*

Tulani fait signe que oui.

- Il appelle les ancêtres ou quelque chose du genre?

- Oui.

Luke a peine à comprendre la réponse.

- Je peux voir Mirai?

- Pas quand Sekuru est avec elle.

- Oh!

Luke trace un cercle sur le sol avec son doigt, puis une ligne qui traverse le cercle, et il efface tout.

Les cris se font plus insistants à l'intérieur de la hutte.

Le *n'anga* porte un chapeau en fourrure. Un collier fait de dents et de morceaux de métal bat contre sa poitrine nue. Des bracelets de cuir encerclent ses poignets. Un pagne noir et blanc entoure sa taille. Il se balance d'avant en arrière en répétant sans cesse la même formule.

Tendayi est accroupie en silence auprès de son plus jeune enfant. Le petit visage est couvert de sueur. Une bile noire coule de sa bouche en un mince filet.

Le *n'anga* prend une poudre blanche à l'intérieur d'une défense d'éléphant et de la poudre noire d'une corne foncée. Il les frotte sur ses mains qu'il place ensuite sur les jambes, les bras et le front de Mirai.

Il tire un couteau de son étui en peau d'animal et l'appuie à plat contre les chevilles, les poignets et le cou de l'enfant.

L'inquiétude de Tulani gagne Luke. Sa chemise laisse voir des traces de sueur.

- Je pensais que tout le monde était vacciné ces années-ci, lui dit-il en espérant la rassurer.

- Vacciné? répète-t-elle en le regardant sans comprendre.

En bas du sentier, Luke aperçoit Themba et ses trois frères qui reviennent de l'école. Il court à leur rencontre.

- Hé, Themba!

Lorsque Themba voit Luke courir, il se précipite à sa rencontre.

- Mirai! Comment va Mirai?

- Ton grand-père est avec elle.

À l'intérieur de la hutte, le *n'anga* commence à trembler. D'une main, il touche le front de Mirai.

- Elle n'est plus sous ma protection, maintenant, ma fille.

- Non! Non, *sekuru!* geint Tendayi.

- Laisse son esprit partir en paix. Je te préparerai à sa mort.

Tendayi se penche jusqu'à ce que sa tête touche le corps de l'enfant.

- Non. Pas de mort, *sekuru*. Pas de mort, supplie-t-elle en prenant son enfant dans ses bras. Tulani, s'écrie-t-elle. Tulani!

Tulani se précipite dans la hutte au moment où sa mère se redresse, en berçant Mirai dans ses bras.

- Tulani, aide-moi avec le bébé. Je vais l'amener à la clinique.

Tulani prend l'étoffe que sa mère utilise pour porter la petite. Sa mère y installe le petit corps flasque et le noue à sa taille.

Les femmes qui se sont rassemblées devant la hutte murmurent doucement et se rangent sur le côté tandis que Tendayi sort et se dirige vers le sentier qui traverse le village.

- Themba, que fait-elle? Dis-moi! demande Luke.

- Le *n'anga* a dit que Mirai allait mourir. Ma mère l'amène à la clinique.

- Quoi? Mais ce n'est que la rougeole!

- Deux de mes frères sont déjà morts de rougeole! Mirai a commencé à tousser. Elle va mourir.

- Themba, s'écrie Luke, installe-la sur mon dos. Je vais la conduire à la clinique en moto.

- Non. Elle ne supportera pas le voyage.

- Attends, attends, insiste Luke en cherchant désespérément une solution. Je vais aller chercher le médicament à la clinique... et je vais le rapporter.

Le visage de Themba s'éclaire. Il court vers sa mère.

- *Mai, mai.* Luke et moi allons chercher le médicament à la clinique en moto.

- Non. Non, refuse Tendayi bien décidée à sauver sa fille.

- *Mai, mai,* s'exclame Tulani en tirant sa mère par le bras. Ils ont raison. Ce sera plus rapide.

Luke et Themba n'attendent pas la réponse. Luke appuie sur l'embrayage. La moto démarre.

- Reste ici, *mai.* On va rapporter le médicament, lance Themba à l'endroit de sa mère.

Tulani serre sa mère contre elle. Les femmes se rapprochent.

Luke et Themba s'éloignent à toute vitesse, de plus en plus vite.

- Themba, y a-t-il un raccourci?

- Par là! Par là, en bas de ce sentier.

La moto bondit à travers champs. Un troupeau de vaches se disperse en voyant la moto foncer vers elles.

- Par là, par là. Non, Luke, pas dans l'eau. Il y a des petites bêtes qui se glissent sous la peau!

- Tu veux rire. Trop tard, Themba. Accroche-toi!

La moto plonge dans l'eau profonde.

- Lève les jambes, crie Luke.

- AAAAAAAAAHHHHHHHHH!

L'eau gicle des deux côtés de la moto.

- Là-haut, Luke.

La moto grimpe une colline escarpée. Plus ça monte, plus la pente est raide. La moto crachote, tousse, puis s'étouffe. Luke saute sur le démarreur. Rien.

- Pousse, Themba, pousse!

- Laisse-moi l'arranger.

- On aurait dû rester sur la route, aussi.

Themba s'accroupit près du moteur de la moto. Il démonte un tuyau, souffle dedans et le remonte.

- Non, Themba... pousse la moto!

- Essaie de la faire démarrer... essaie de nouveau, Luke.

Luke pousse de toutes ses forces sur le démarreur. Le

moteur grogne. Luke tourne les poignées pour passer les vitesses.

- Youpiii! s'écrie-t-il. Ça a marché!

★　★　★

Tendayi dépose Mirai sur le linge dans la hutte. Elle replace la robe que porte la petite fille. Tulani s'assoit près de sa mère. La sueur coule sur le visage de sa soeur. Elle prend un petit panier tressé et l'agite au-dessus de l'enfant. Tendayi essuie le petit visage avec le coin d'un linge. Mirai tousse.

★　★　★

La moto rugit, bien décidée à franchir le sommet de la colline. Juste quand elle y arrive, Luke ralentit le moteur. Il regarde la descente.

- Oh, non. Regarde, Themba.

L'autre côté de la colline n'est que du roc et plonge à un angle de quarante-cinq degrés.

- Pouvons-nous y arriver? demande Themba.

- Oui, on peut! s'exclame Luke en poussant la roue avant de sa moto contre le roc.

La suspension cogne contre les rochers. La moto prend de la vitesse. Themba ferme les yeux. Il serre plus fort la taille de Luke.

- Allez, petite, vas-y, murmure Luke comme pour encourager la moto.

Encore plus vite. La roue avant sautille de côté. Luke la redresse. La descente se poursuit encore plus vite. La moto glisse sur une petite courbe et s'élève dans les airs.

- Tiens-toi, Themba!

La moto atterrit sur ses roues avec un bruit sourd.

- Yaaaahouuu! On a réussi, Themba. Yaaaahouuu!

★　★　★

Le *n'anga* se glisse dans la hutte. Il va vers Tendayi et pose sa main sur son épaule. Tendayi prend le bébé dans ses bras et le berce. Un faible cri semblable au cri d'un animal blessé s'échappe de ses lèvres.

★ ★ ★

- Là, Luke. Par là!

Un peu à l'écart se dresse un édifice blanc tout en longueur, avec un toit de tôle. Luke passe en quatrième vitesse. Des mères et des enfants font la file devant la clinique. Une infirmière installe un bébé qui hurle dans une écharpe qu'elle fixe à une balance pour le peser.

La moto vrombit dans la cour de la clinique. Tous s'arrêtent et se retournent pour voir d'où provient un tel vacarme. Luke et Themba arrêtent la moto et courent dans la clinique. En tête de file, une infirmière costaude en uniforme rose discute avec une mère de son enfant qui est sous-alimenté.

- Madame... excusez-moi. Mais nous avons besoin d'aide tout de suite.

- C'est ma soeur, lance Themba par-dessus Luke. Elle a la rougeole. Avez-vous des médicaments?

- Est-ce qu'elle crache du sang? Est-ce qu'elle fait du bruit en respirant?

- Oui, oui, répond Themba.

- *Vakadzi,* appelle-t-elle en se levant. *Mirai zvishoma!* Suivez-moi! dit-elle aux garçons en les entraînant dans une petite salle.

- Themba, vas-y. Je vais téléphoner à mon père. Il y a un téléphone là-bas.

Themba regarde l'infirmière prendre une bouteille dans une armoire à pharmacie presque vide.

- Donnes-en deux cuillerées à thé à ta soeur pour commencer, puis suis les indications.

Son doigt dodu montre les indications sur la bouteille.

En sortant de la salle, Themba peut entendre Luke parler à son père.

- Oui, papa, dit-il... je crois que tu devrais prévenir Simba. Non, je ne conduis pas trop vite. On sera de retour avant la nuit. Oui, oui, on porte nos casques. Écoute, fait Luke avec impatience, je dois y aller maintenant. Au revoir.

★   ★   ★

- Mirai, Mirai, murmure Tendayi sans s'arrêter.

Elle appuie le front de l'enfant contre ses lèvres et l'embrasse. Il est brûlant. La sueur qui perle sur le visage de l'enfant lui mouille son chemisier. La petite tousse. C'est une sorte de gargouillis qui vient de l'estomac.

★   ★   ★

- Reste sur la route, Luke. Ça ira plus vite.

- Tu as raison, approuve Luke en regardant sa montre.

Ils ont quitté le village depuis quarante minutes. Il appuie sur l'accélérateur.

- Tiens bon, Mirai. Tiens bon, répète-t-il sans cesse.

★   ★   ★

Le front de Mirai devient froid.

- Mirai! Mirai! s'écrie Tendayi comme un oiseau blessé.

Pour toute réponse, les voix des femmes s'élèvent en une triste mélopée.

- Non! Non! Mirai! pleure sa mère à l'intérieur de la hutte.

Les femmes chantent plus fort pour donner à Tendayi la force de combattre sa peine.

★   ★   ★

Luke voit les villageois se précipiter vers la hutte. Mme Petersen serre Inga dans ses bras. Le chant lui rappelle son arrivée à la mine. Il redoute le pire.

La moto s'arrête. Themba, en entendant les bruits du village, pose sa main sur l'épaule de Luke.

- C'est trop tard. Mirai est morte.

- Non!

- Mirai! Mirai! appelle Tendayi en sortant de la hutte soutenue par Tulani.

- Mirai! Mirai! sanglote-t-elle.

Elle s'effondre sur le sol. Tulani la serre fortement contre elle et la berce. Themba s'empresse de l'aider à se relever.

- Themba, gémit Tendayi, ma Mirai est morte.

Elle s'effondre de nouveau et s'appuie sur les cuisses de Themba. Themba lui caresse les cheveux. Tulani enfouit son visage contre sa mère.

- Luke, dit Inga en le prenant par la taille.

- Mais, on a le médicament...

- Je le sais, Luke... vous avez essayé...

- Ce n'est pas juste...

Il enlève son casque. Le dos de sa main essuie la poussière sur son visage.

Inga serre Luke un peu plus.

- Ce n'est pas juste...

7

UNE TERRE ANCIENNE

THEMBA EST ASSIS IMMOBILE, le dos contre le mur de la hutte dans laquelle, la veille, est morte Mirai. Il regarde le ciel du matin se colorer de rose et écoute les animaux se réveiller dans la vallée. Combien de fois son grand-père lui avait recommandé de s'asseoir et d'écouter le monde lorsqu'il était troublé. Sekuru avait l'habitude de dire que ça lui apporterait la paix.

La Jeep de Joe Novak arrive au village et s'arrête près des huttes où vit la famille de Mirai. Joe descend et sort une boîte de carton remplie de victuailles en signe d'amitié pour la famille.

Luke aperçoit Themba assis près du mur. Il se dirige vers lui. Themba se lève pour aller à sa rencontre.

- Bonjour, dit Luke avec embarras. Tu vas bien?

- Je vais... très bien.

Une légère brise souffle, soulève la terre et la fait tourbillonner entre eux avec un sifflement qui remplit le silence.

- Ma famille, prononce doucement Themba en se tournant vers Luke. Ils veulent que tu assistes aux funérailles de Mirai.

- Euh... euh, fait Luke en cherchant ses mots. Je suis désolé, Themba... je voudrais...

- Ne veux-tu pas lui dire au revoir?

La franchise de Themba désarme Luke. Il se mord la lèvre et acquiesce d'un signe de tête.

- Oui, dit-il doucement.

★ ★ ★

Le père de Mirai et ses frères descendent son petit corps dans la fosse. Elle est enveloppée dans un drap blanc puis déposée lentement sur une natte de paille que l'on replie sur elle.

La mère de Mirai, sa grand-mère et Tulani se tiennent près de la fosse, une tuque de laine noire leur couvrant les cheveux. Tiyani, Murhiko et Enok, les trois plus jeunes, sont derrière leur grand-père et s'agrippent à ses mains.

Derrière la famille, les gens du village sont tous rassemblés. Un peu à l'écart, Inga s'appuie contre sa mère.

- *Famba zvakanaka* Mirai! dit le père d'une voix étouffée en regardant la fosse.

- C'est moi, Themba, murmure son frère. Tu nous a quittés, mais tu resteras toujours parmi nous.

Une boule se forme dans la gorge de Luke. Il sent la chaleur de son père tout près de lui. Il regarde Tulani. Elle est forte, son visage est calme, mais Luke peut voir, dans ses yeux, toute la tristesse de son coeur.

Un villageois s'avance avec une pelle remplie de terre et la tient au-dessus de la fosse. Les femmes chantent d'une voix triste. Les plus âgés battent la mesure en tapant des mains. Luke sent des frissons lui parcourir la colonne vertébrale. Un par un, les membres de la famille s'avancent, prennent un peu de terre qu'ils laissent couler entre leurs doigts dans la fosse. Suivent les plus âgés, puis les villageois.

Joe Novak donne une petite tape sur l'épaule de son fils. Luke hésite. Il reste soudé sur place. Son père prend une grande inspiration et s'avance. Luke le suit.

«Ce n'est pas juste», ne cesse-t-il de se répéter. Ce n'est pas juste. Mirai était innocente. Elle était si jeune.

Il entend encore son éclat de rire, clair comme une bulle, quand elle avait entendu sonner sa montre dans la hutte sombre. Il regarde machinalement sa montre, en défait l'attache, la dépose sur le matelas d'herbe et retourne à sa place rejoindre son père. Ce dernier, fier du geste que Luke vient de poser, lui met la main sur l'épaule. La famille de Mirai le regarde et lui sourit chaleureusement.

★   ★   ★

L'après-midi est calme et silencieux. Au village, tout le monde a mangé. Luke peut voir Themba assis sur un rocher à flanc de coteau, au-delà de la tombe de Mirai.

Themba est accroupi et fixe le vide. En s'approchant, Luke l'entend murmurer toujours les mêmes mots en tapant dans ses mains. Luke se souvient la première fois qu'il avait vu Themba agir de la sorte; il avait insisté pour que Themba parle à ses ancêtres tout en marchant. Il ignorait tant de choses! En

61

silence, il grimpe sur le rocher en faisant attention de ne pas déranger son ami et il s'assoit un peu à l'écart.

Plus bas, au-delà du village, s'étend la vallée. La terre desséchée est brune, de la même couleur que l'herbe chez lui, quand la neige a fondu. Les troncs rugueux des baobabs, semblables à des peaux d'éléphants, dessinent de grandes ombres sur le paysage. Plus loin, un rocher aussi gros que sa maison à Sudbury se dresse dans les airs. Le dessus est arrondi comme une miche de pain. Il y a quelque chose d'ancien dans cette terre, comme si une force suprême l'avait créée. «C'est comme les gens, pense Luke. Ils sont forts.» Luke commence à les comprendre.

Soudain, il se rend compte que Themba a terminé et qu'il le regarde.

- C'est tellement beau ici, Themba.
- Tu n'es pas habitué à une vie comme la nôtre.

Luke acquiesce d'un signe de tête.

- Tu te surprendras toi-même. Tu es plus solide que tu ne le penses, Luke.

Themba sourit à Luke.

- Lorsque je t'ai vu la première fois, Luke, je ne t'ai pas aimé.
- Moi non plus, je ne t'ai pas aimé, répond honnêtement Luke.
- Je te trouvais étrange, poursuit Themba d'une voix calme et douce. Mais maintenant, je te comprends mieux.
- Tu me trouvais étrange et moi, je te trouvais bizarre, affirme Luke en riant.
- Tu as essayé de sauver la vie de ma soeur. Pour mon peuple, toute personne qui aide à sauver une vie devient un frère.
- Je n'ai jamais eu de frère avant, Themba, répond Luke en haussant les sourcils.
- Aimerais-tu en avoir un?
- Bien entendu!
- Alors c'est fait.

Themba tend sa main. Luke la serre et veut la lâcher, mais Themba le retient.

- Tu dois apprendre à serrer la main... comme un Africain!

Themba lui serre la main une autre fois, puis place sa main en coupe autour du pouce de Luke, lui prend de nouveau la main et la serre.

- Voilà, fait Themba avec un grand sourire.

- Frères? demande Luke.

- Frères, approuve Themba.

Au bas de la colline, Luke voit Tendayi s'agenouiller sur la tombe de sa fille. Avec ses mains, elle creuse le sol et y dépose une petite plante. Puis, elle tape bien la terre tout autour. Luke regarde de nouveau au loin. Une terre ancienne où les gens vivent près de la nature, de la vie et de la mort.

8

LA LEÇON

TULANI SE PENCHE BIEN BAS pour ramasser les petites branches qui émergent de l'herbe dans le champ. Quelle chance d'en trouver si près du village. Elle les entasse sur le fagot de petit bois qu'elle a déjà ramassé, puis replace le fagot en équilibre sur sa tête avant de poursuivre sa route le long du sentier.

Un soleil rouge feu vient de se lever. Des nuages aussi noirs que les branches traversent le ciel. Ce spectacle lui fait penser à un flamboyant en fleurs.

Au loin, elle peut entendre les bruits familiers du petit matin. Les poules et les chiens. Puis des voix parviennent jusqu'à elle; ses frères, tout comme les autres enfants du village, se préparent pour l'école. Son coeur bat dans sa poitrine comme un oiseau blessé. Elle voudrait tant aller à l'école. Elle rêve de devenir institutrice, comme sa mère l'avait rêvé lorsqu'elle était jeune fille. Mais il n'y avait pas assez d'argent pour payer les frais, le costume et les livres. Combien de fois sa mère le lui avait-elle expliqué... Elle sait tout cela, mais chaque jour, en voyant les autres partir à l'école, son coeur se remplit de tristesse. Ses pieds se posent machinalement l'un devant l'autre, suivant le sentier. C'est celui qu'elle suit chaque jour pour aller chercher de l'eau dans l'autre vallée, et qu'elle suit aussi lorsqu'elle part à la recherche de petit morceaux de bois en guise de combustible.

Tulani entend la moto de Luke qui gravit le sentier. Elle se demande pourquoi il est debout si tôt. Luke dirige la moto vers elle.

- Tulani! Tulani! s'écrie-t-il en s'arrêtant à côté d'elle.

Tulani lui sourit.

- Tu ne me croiras pas... je vais aller à l'école!

- Tu vas aimer ça, répond doucement Tulani, qui l'envie de tout son coeur.

- Ce serait bien la première fois que j'aimerais ça! précise-t-il en affichant un large sourire.

De l'autre côté du champ, Luke aperçoit Themba qui se dépêche pour rattraper Roselon, une jeune fille du village du même âge que Tulani.

- Je dois partir. Je ne veux pas arriver en retard, ajoute-t-il.

À plus tard.

- Au revoir, fait Tulani en regardant Luke s'éloigner sur le sentier, puis emprunter la route en direction de Themba et de Roselon. Elle aimerait tellement les accompagner.

- Hé, Themba, appelle Luke en s'approchant. Monte.

Themba se tourne vers Roselon, ne sachant pas que faire. Roselon baisse les yeux sur ses livres. Elle acquiesce d'un signe de tête. Themba lui sourit et grimpe derrière Luke. Ils dévalent la route. Le tuyau d'échappement laisse une longue traînée de fumée bleue.

En s'approchant de l'école, Luke voit le père de Themba qui porte un complet et un chapeau, pénétrer dans le bâtiment d'un seul étage.

- Themba, qu'est-ce que ton père fait ici?

Themba secoue la tête. Il ne le sait pas. Il regarde son père qui salue son professeur, M. Matiba.

Le père de Themba enlève son chapeau avant d'entrer dans le bureau; ses doigts tambourinent nerveusement sur le bord.

M. Matiba tire une chaise et l'invite à s'asseoir. M. Maposa accepte l'invitation; ses doigts courent sur le bord du bureau.

- Merci d'être venu, lui dit cérémonieusement M. Matiba.

- Dans votre note, vous avez parlé de l'avenir de mon fils, répond M. Maposa avec hésitation.

- Vous verrez, dit M. Matiba.

Il ramasse sur son bureau une pile de feuilles qu'il tend au père de Themba. M. Matiba montre les notes parfaites sur chacune des feuilles.

M. Maposa acquiesce fièrement.

- Themba, explique le professeur, a la bosse des mathématiques. Il les comprend. Il a tout ce qu'il faut pour avoir une bonne profession... pour devenir ingénieur!

- Vous pensez qu'il peut aller au collège? demande le père de Themba sans trop y croire.

- Oui. Mais cette pauvre école ne pourra jamais le préparer pour les examens d'entrée, fait remarquer M. Matiba en lissant le tissu de son pantalon.

- Mais... je pense qu'il y a un moyen. Cela demandera beaucoup de travail... et d'argent pour des livres et du matériel spécial.

M. Maposa soupire.

- C'est difficile. La pompe de notre village est brisée et nous devons payer chacun notre part des réparations.

Il regarde les jeunes gens arriver dans la cour. L'éducation est tellement importante, c'est la seule façon d'avoir une meilleure vie, un meilleur avenir. Il se tourne vers M. Matiba avec un air résolu.

- Je vais essayer de trouver l'argent.

- Bien! s'exclame M. Matiba en se dirigeant vers la porte et en appelant Themba.

Themba jette un coup d'oeil nerveux à Luke qui lui fait un signe d'encouragement.

Luke le regarde s'éloigner, puis se penche pour fixer les deux casques après sa moto. Lorsqu'il se relève, il voit Inga qui arrive à bicyclette. Un garçon de race blanche du même âge que Luke l'accompagne lui aussi à bicyclette. Ils s'arrêtent à l'entrée de l'école, s'embrassent, puis le garçon s'en va.

- Allô! lance joyeusement Inga.

- Bonjour, Inga. Themba et son père sont avec M. Matiba ... Qui est ton ami?

- Il s'appelle Nick, murmure Inga. Il vient de Nouvelle-Zélande. Il est en visite chez mes parents depuis quelques semaines. Il doit bientôt repartir.

Et elle entre dans l'école.

Themba se tient aux côtés de son père dans le bureau de M. Matiba. Les paroles du professeur résonnent encore à ses oreilles.

- La bosse des mathématiques... des études supplémentaires... le collège... devenir ingénieur.

Il se répète lentement chacune des phrases. Sa famille aura-t-elle les moyens de lui permettre cela?

- Cela veut dire beaucoup d'études, explique M. Matiba... avant la classe et après la classe aussi. Je veux bien t'aider, mais ce sera ta responsabilité.

Themba regarde son père qui lui fait un signe de tête affirmatif.

- Je peux y arriver! affirme-t-il.

Son père rayonne de fierté.

★ ★ ★

- Bonjour tout le monde, lance M. Matiba quelques minutes plus tard aux étudiants.

Luke et Themba sont avec lui.

- Aujourd'hui, un invité spécial se joint à nous, explique-t-il. Luke...

M. Matiba se tourne vers Luke.

- Novak, précise Luke en regardant les rangées de visages africains dans la classe.

Les étudiants sont deux par bureau. Ils portent tous un costume; une tunique foncée et un chemisier bleu pour les filles; une chemise et un short gris pour les garçons. Il remarque que Inga partage le même bureau que Roselon. Il lui sourit.

- Luke Novak, poursuit M. Matiba, vient du Canada. Il verra comment nous apprenons ici. Et peut-être nous en apprendra-t-il lui aussi sur son pays de glace et de neige.

Luke rit et suit Themba dans l'allée. Les étudiants tapent des mains rapidement en signe de bienvenue. Il s'assoit avec Themba; ils partageront le même bureau.

- Aujourd'hui, nous allons commencer avec la santé, annonce M. Matiba en se dirigeant vers le tableau et en inscrivant en grosses lettres : *Les soins de santé*. Puis il se retourne pour faire face à la classe.

- J'ai une question à vous poser, poursuit-il en arpentant la classe de long en large. Ce n'est pas une question facile; c'est une question difficile. Quel lien y a-t-il entre les bébés et les arbres?

Une vague de rire se fait entendre. M. Matiba s'arrête de marcher.

- Vous voyez, avec des soins de santé plus perfectionnés, plus de bébés survivent. Et une augmentation de la population signifie...

Des mains se lèvent et s'agitent pour attirer l'attention de M. Matiba.

- Roselon?

Roselon se lève. Elle est plus grande et plus grassouillette que Tulani. «Son visage est aussi rond que la nouvelle lune», pense Luke.

- ...que les gens ont besoin de plus de nourriture... alors la terre est trop cultivée, répond-elle avec certitude.

- Exactement, approuve M. Matiba. Et comment font-ils cuire leurs aliments?

Une autre série de mains se lèvent. Luke n'a encore jamais vu autant d'empressement dans sa classe, à Sudbury. Les professeurs devaient leur soutirer les réponses, même quand ils les connaissaient.

- Ils coupent les arbres, répond de nouveau Roselon avec fierté.

- Donc... il n'y a plus d'arbres... et quand il pleut?

M. Matiba regarde toutes les mains qui s'agitent pour répondre.

- Themba?

Themba se lève. Il sourit à Roselon quand elle s'assoit.

- La pluie et le vent balaient le sol...

- Et ça s'appelle...

- L'érosion!

- Et qu'arrive-t-il aux cultures?

- Les cultures sont détruites... et il y a pénurie de vivres.

- C'est exact, Themba. Et s'il y a une sécheresse, une famine causée par la destruction de l'environnement... destruction caussée elle-même par la surpopulation, nous revenons... aux bébés et aux arbres. Alors, quelle est la solution? La planification familiale.

Un murmure d'approbation s'élève dans la classe.

★ ★ ★

À la sortie de l'école, à treize heures, Nick est à la porte avec sa bicyclette. Inga court vers lui et se jette à son cou. Luke ressent un petit pincement de jalousie. Inga leur fait signe, à Themba et à lui, de se joindre à eux. Ils vont tous les quatre jusqu'au terrain de soccer pour voir la partie.

- Alors qu'est-ce que tu en penses? demande Nick à Luke.
- De qui?
- De l'Afrique!
- Je m'y fais, répond Luke avec hésitation en essayant de deviner ce qu'il y a entre Inga et Nick.
- C'est sensationnel, voilà ce que j'en pense, déclare Nick.
- Oui.

Luke ne trouve rien d'autre à dire.

- Tu sais, tu devrais venir avec nous, Luke. Juste avant de retourner en Nouvelle-Zélande, je vais en brousse avec un groupe de filles et de garçons. On va construire nos propres huttes, fabriquer des abris et observer le gibier.
- Nick aime être occupé, s'exclame Inga à l'égard de Luke en poussant Nick pour s'amuser.
- Tu vas venir, n'est-ce pas? demande Nick à Inga.
- Oh, je ne sais pas...
- Bon, fait Luke. Je dois partir. J'ai dit à mon père que je serais tôt à la maison. Je peux te déposer chez toi, Themba?

Themba promène son regard sur le terrain et voit Roselon qui lui fait signe.

- Non merci, dit-il en se dirigeant vers la jeune fille.
- Oh... d'accord, fait Luke avec un petit sourire en coin. À plus tard.

Luke saute sur sa moto. Le bruit de son moteur enterre les plaisanteries qu'échangent Nick et Inga.

Lorsqu'il arrive à la maison, son père n'est pas là. Il l'attend un bon moment, puis se dit qu'il a dû être retenu à la mine. Il n'a rien à faire. Il se prépare quelque chose à manger puis décide d'aller faire un tour.

Luke traverse la campagne, passe plusieurs villages. Foncer ainsi sur les routes lui donne une sensation de liberté et lui fait oublier ce qui le tracasse. Il prend note de tout ce qu'il voit : des gens qui travaillent dans les champs essayant de faire pousser une maigre végétation; des hommes qui font avancer leurs boeufs tandis que leur charrette de bois brinquebale le long du chemin. Il regarde les jeunes garçons qui marchent avec leur troupeau. «Ce serait bien de passer la journée dehors à flâner dans les pâturages. Pas d'autres responsabilités que de garder les vaches», pense-t-il.

Sur le côté de la route, une longue file de femmes et de filles transportent de grands seaux et des bouteilles de plastique sur leur tête. L'eau se renverse quand elles marchent, laissant des marques sombres dans la poussière. Luke pense à la pompe brisée et à Tulani qui doit marcher deux heures jusqu'à la vallée voisine. Cette pensée le travaille.

Tout près, plusieurs femmes sont regroupées autour d'une pompe. Luke admire les couleurs châtoyantes des longs morceaux de tissu qu'elles se drapent autour des reins. Elles bavardent et rient. C'est étonnant de voir comme la vie en Afrique peut être parfois dure; comme les Africains doivent se battre pour survivre. Leur vie est tellement difficile. Et pourtant, ils continuent à chanter et à rire.

Tulani pousse légèrement Roselon alors qu'elles attendent leur tour.

- Tktk, fait-elle avec ses lèvres.

- Il était à l'école aujourd'hui et il s'est assis à côté de Themba. Le trouves-tu beau? blague Roselon.

Tulani l'ignore.

- J'aimerais que tu puisses venir à l'école, Tulani. As-tu entendu la nouvelle au sujet de Themba?

Roselon répète à Tulani ce que Themba lui avait raconté lorsqu'ils étaient revenus ensemble de l'école.

Luke reconnaît Tulani et Roselon au puits et se dirige vers elles.

- Hé, Tulani! Roselon! appelle-t-il en s'approchant.

Les femmes qui font la queue regardent les deux jeunes filles. Roselon, gênée, s'éloigne légèrement.

- Oh, vous devez beaucoup marcher pour avoir de l'eau! s'exclame Luke.

- Oui... répond Tulani.

Roselon rit derrière sa main. Tulani lui jette un regard sombre.

- Tu as entendu la nouvelle au sujet de Themba?

Tulani baisse les yeux et fait signe que oui.

- Pauvre gars! lance Luke. Il va avoir le nez dans ses livres pendant les dix prochaines années!

- J'ai appris à lire, dit Tulani pour impressionner Luke. À la petite école.

- Ah, oui? Formidable. Pourquoi tu ne vas plus à l'école?

- Il n'y a pas d'argent.

- Oh!

Luke la regarde. Ses yeux semblent tristes. Il ne sait pas quoi dire.

- Tulani! la prévient Roselon.

La file a avancé. Tulani fait taire son amie.

- Aimes-tu les livres? demande-t-elle à Luke.

- Bien sûr.

- Quel genre de livres?

Luke ne trouve pas de réponse. Il réfléchit rapidement et sort un album de bandes dessinées de sa poche arrière. Il l'ouvre et le lui tend. Tulani le regarde, ébahie par les carrés tout colorés et pleins de mouvement.

- Le mal qui sévit dans la ville peut être défait par la force du bien..., lit-elle avec précision d'une voix claire comme on le lui a appris à l'école.

- Bravo! la complimente Luke.

Tulani tourne les pages. Elle n'a encore jamais rien vu de pareil.

- C'est à ça que ressemble ton pays?

- Oui! se vante Luke. C'est à dire que ça lui ressemble un peu, s'empresse-t-il d'ajouter, honteux de l'avoir trompée.

- N'as-tu pas de vrais livres?

- Je vais t'en apporter. D'accord? Demain. Après l'école. Tu vas revenir encore?

- Demain, répète Tulani répondant à moitié à sa question et rêvant à de vrais livres qu'il lui apporterait.

- D'accord. À demain.

D'un air absent, Tulani va rejoindre Roselon tandis que Luke s'éloigne.

★ ★ ★

- Misère! s'écrie Luke en s'assoyant sur le bras du fauteuil rembourré, en sortant les livres de la bibliothèque. Il les feuillette rapidement.

- Rien.

- Hé, Luke! appelle son père en entrant dans la maison et en passant dans l'entrée pour aller à la cuisine. Je suis désolé d'arriver tard... j'ai eu une tonne de travail à la mine. Comment c'était à l'école? Mais, que fais...?

M. Novak revient sur ses pas.

- Papa, tu n'as aucun bon livre, ici?

- Oui, j'ai d'excellents livres.

Joe en prend un au hasard. Il le feuillette et sourit en se remémorant le dénouement. Puis il s'assoit près de Luke, dans le fauteuil.

Luke sent la main de son père lui frictionner le dos. Il serre les lèvres.

- Papa... tu n'as jamais songé à revenir à la maison?

- Oui... souvent.

- Je me rappelle quand tu es parti... Avant, maman et toi... lorsque vous aviez l'air... vous sembliez... que s'est-il passé, papa?

Les mots se précipitent pêle-mêle.

La main de M. Novak s'immobilise dans le dos de son fils. Il ne sait pas trop quoi dire ou par où commencer. Il avait cru qu'avec le temps, Luke n'aurait plus espéré le voir vivre de nouveau avec Diane.

- Luke... ta mère t'aime beaucoup. Et je t'aime moi aussi beaucoup. Mais des fois... eh bien, les choses changent dans une relation.

Aucun autre mot ne sort.

Luke se lève, ramasse quelques livres et touche l'épaule de son père.

- Oui, bien entendu, papa. Au fait, j'ai déjà mangé. Je te verrai plus tard.

Un vide règne dans la pièce lorsque Luke sort. Joe reste immobile dans le fauteuil. Il a l'impression d'y être cloué comme un spécimen d'insecte épinglé dans une vitrine de musée.

9

LA DOT

UN FEU MOURANT FAIT DANSER les ombres sur les murs de la hutte. Tulani regarde attentivement les images de la ville dans le livre de bandes dessinées que Luke lui a donné. Elle se demande si la ville d'où il vient ressemble vraiment à ces illustrations. Les édifices s'élèvent plus haut que les immenses rochers qui surplombent la vallée. Les gens semblent aussi petits que des fourmis. Elle caresse la page comme si elle pouvait la transporter dans cet autre monde.

- Tulani? appelle doucement sa mère de l'autre côté du rideau tiré en travers de la porte.

Tulani cache rapidement le livre derrière son dos. Sa mère entre.

- *Mai,* j'allais justement me coucher.

Malgré son sourire, sa mère lui semble triste. Elle travaille beaucoup trop fort, se dit Tulani.

Sa mère s'assoit près d'elle. Elle se masse lentement le ventre. Tulani regarde les ombres minces que le feu dessine sur le visage de sa mère. Celle-ci lisse le coin d'un morceau de tissu sur lequel elles sont assises.

- Tulani...

Le crépitement des flammes remplit la hutte tandis que la mère de Tulani se tait. Elle regarde sa fille dans les yeux.

- *Baba* a reçu une offre de mariage pour toi... finit-elle par articuler en détournant rapidement son visage... de Mateus Nyere, précise-t-elle. L'offre a été faite l'an dernier, mais ton père avait répondu que c'était trop tôt.

La bouche de Tulani s'assèche. Ses lèvres tremblent.

- Non, *mai.* Ne permets pas cela. Je veux aller à l'école.

- Je sais, répond sa mère d'une voix lasse. Mais c'est un homme correct. Et son village est tout près d'ici, ajoute-t-elle en essayant de sourire.

Elle regarde le visage de sa fille. Il s'assombrit comme lorsque d'épais nuages noirs passent devant le soleil.

- Tu es une femme, maintenant.

Des larmes perlent au coin des yeux de Tulani.

- Mais, tu as rêvé toi aussi... tu es allée en ville.

- Et je suis revenue, précise sa mère en lui touchant doucement l'épaule. Pour vivre une vie correcte avec ton père.

- Mateus Nyere a déjà trois enfants.

Une larme glisse lentement sur la joue de Tulani.

- Je le sais... mais c'est un homme riche. Il te donnera une bonne vie.

- Et à vous l'argent qu'il faut pour Themba! Pour ses études d'ingénieur.

- Tulani, c'est pour le bien de la famille, répond sa mère en détournant de nouveau son regard.

- *Mai,* insiste Tulani. J'ai les mêmes ambitions que tu avais à mon âge... Tu veux m'obliger à faire ce que toi tu as fait.

Elle regarde sa mère d'un air suppliant, mais sa mère n'y peut rien. Tulani se lève et quitte la hutte.

Le feu chauffe le visage de sa mère. Ses larmes crépitent doucement en tombant dans les flammes.

★   ★   ★

Le seau d'eau semble plus lourd que d'habitude à Tulani. Les paroles que sa mère lui a dites la veille ne cessent de la harceler. L'eau se renverse dans son dos. Il semble impossible d'éviter qu'elle ne se renverse aujourd'hui.

Tulani entend le rugissement de la moto de Luke sur la route, près du village. Elle ne veut pas le voir. Elle dépose le seau près d'un arbre, court jusqu'à une petite colline et se cache derrière une énorme roche.

Luke la voit grimper la colline. Il arrête sa moto. Lorsqu'il arrive sur la colline, il voit Tulani à moitié cachée par l'ombre de la roche projetée au sol. Les fleurs d'un arbuste tout près, fermées très serré, se dressent telles des épines dans l'air. Luke sourit à Tulani. Celle-ci garde les yeux baissés au sol.

- Hé... tu ne m'as pas attendu au puits.

Un petit oiseau passe au-dessus d'eux poursuivi par une volée d'oiseaux beaucoup plus gros. Leurs cris transpercent le calme de cet après-midi.

- Je t'ai apporté cela... s'écrie Luke en lui tendant les livres qu'il a choisis pour elle dans la bibliothèque de son père.

Tulani jette un coup d'œil timide aux livres.

- Regarde, dit Luke en ouvrant la page couverture de l'un

d'eux. J'ai inscrit ton nom à l'intérieur.

Un sourire se dessine sur le visage de Tulani en voyant son nom en toutes lettres dans le livre. Le petit oiseau revient à son arbre. Il chante avec contentement.

- Une fille du Canada irait-elle à l'école même si elle est mariée?

Luke sort son canif suisse et le racle contre la pierre.

- Je ne sais pas. Une des amies de ma mère est retournée à l'école après avoir eu des enfants.

- Elle aurait pu devenir institutrice?

- Bien sûr! C'est ce que tu aimerais être, institutrice?

- Oui.

- Alors tu le seras. Je sais que tu le seras!

Le visage de Tulani s'éclaire. Elle caresse doucement la couverture des livres.

- À quel âge les filles se marient-elles au Canada?

Luke soulève les sourcils. Il se retourne et s'appuie contre le rocher. Il hésite...

- Bien, plus vieilles que toi. Ou que moi. Ça, c'est certain.

- Le Canada, c'est très loin...

- Je t'y amènerai peut-être un jour, répond machinalement Luke.

Une lueur d'espoir traverse le regard de Tulani.

- Euh, je blaguais, s'empresse-t-il d'ajouter en se rendant compte qu'il vient de faire une erreur.

- Tu blaguais? répète-t-elle en promenant ses doigts sur la tranche des livres. Mon grand-père, le *n'anga*, dit qu'autrefois, tout ici était en harmonie. Aujourd'hui, avec les médicaments, les voitures, le téléphone et les professeurs, pourquoi les choses ne sont-elles pas meilleures?

Luke brise une petite branche. Il la casse en deux.

- Elles devraient être meilleures...

Luke regarde droit devant lui. Tulani ne comprend pas son silence. Son regard se porte de nouveau sur les livres.

★　★　★

Les étudiants sont assis sur l'herbe le long des lignes de

démarcation du terrain de soccer. Ils suivent le match entre deux équipes de l'école. Luke regarde Inga et Nick qui est venu à sa rencontre à bicyclette après l'école.

Nick se rapproche d'Inga. Il lui parle. Inga lui répond sans enthousiasme. Nick pose sa main sur son bras. Inga le repousse.

Luke se retourne. À côté de lui, Themba regarde avec intérêt Roselon qui est assise à peine plus loin avec un groupe de filles. De temps en temps, Roselon regarde à son tour Themba et lui fait un sourire timide. Themba baisse alors les yeux au sol et tourne une pierre dans sa main.

- Qu'est-ce que tu attends? lui demande Luke.

- De quoi parles-tu?

Luke fait un signe de tête en direction de Roselon.

- C'est ta petite amie, non? Tu devrais faire quelque chose, précise Luke en indiquant d'un signe de tête Nick et Inga.

- C'est ça que vous faites au Canada? s'inquiète Themba en affichant un air de réprobation.

- Écoute, explique Luke en se rapprochant de Themba et en gonflant sa poitrine. Après une partie de hockey, les gars de l'équipe et moi on est allé au centre commercial...

- Au centre commercial? répète Themba qui ne comprend pas.

- C'est une sorte de marché recouvert d'un toit, explique Luke en secouant la tête comme pour signifier que le mot n'a aucune importance. On se promenait dans les couloirs quand j'ai aperçu cette fille... une beauté! Elle m'avait vu jouer plusieurs fois... On me considère comme le star de l'équipe. De toute façon, on se promenait en parlant tout simplement et on a vu une porte entrouverte. La chaufferie ou quelque chose du genre.

Il s'approche encore, baisse la voix, frotte ses mains l'une contre l'autre de plaisir en se remémorant cet instant.

- Bien, je l'ai regardée et elle m'a regardé... et en moins d'une minute, on était dans les bras l'un de l'autre...

- Tu ne devrais pas me raconter ça! tranche Themba d'une voix offensée.

- Oh la la! marmonne Luke entre ses dents en se laissant

tomber dans l'herbe sur le dos et en fixant le ciel.

Themba ne peut s'empêcher de regarder Inga et Nick qui discutent tranquillement.

★ ★ ★

- Hé, papa, comment peux-tu fréquenter quelqu'un ici? demande Luke en cassant la coquille de son oeuf dur. Prends le village de Themba... ils ont des coutumes, pas vrai?

Joe Novak tourne la page de son journal en demandant :

- Moi ou toi?

- Bon, d'accord, moi.

Un article sur le commerce des denrées à la bourse retient l'attention de Joe.

- Premièrement, on ne parle pas de fréquentations ici, Luke, répond-il distraitement. On parle de mariage.

Il lève un peu la tête, en pensant aux coutumes.

- Tu dois avoir un parent qui parle au père de la fille. Il y a une dot à payer.

Joe plie le coin de son journal et regarde Luke.

- Pourquoi ces questions? Pour un travail scolaire?

- Non, juste... oui, pour l'école. Une dot? fait-il en avalant un morceau de sa rôtie.

- Tu ne... euh... fréquentes personne? demande M. Novak en soulevant un sourcil et en posant son journal sur ses genoux. Tulani?

- C'est une très gentille fille, papa, s'exclame Luke en souriant à son père.

- Luke... tu ne peux pas! interdit-il rigoureusement.

- Pourquoi?

- Tu veux rire... deux différentes... cultures... deux...

- Tu veux dire noir et blanc, rétorque Luke en regardant son père, en n'y croyant pas.

- Écoute-moi! lance Joe d'une voix rude.

En voyant l'expression sur le visage de son fils, il se radoucit.

- As-tu l'intention d'épouser Tulani?

- Non, je... euh... je veux seulement... répond Luke en secouant la tête.

- Bien. Tu vas retourner au Canada. Tulani est ici. Si elle sort avec toi, elle brise les règles du village. Sa réputation est finie. Elle n'a plus aucun avenir. Et toi, tu seras à Sudbury en train de jouer au hockey avec les gars.

Luke secoue lentement la tête, regarde les restes de son déjeuner, ramasse son assiette et va dans la cuisine.

- Je te verrai après le travail, papa. Je vais me balader.

★　★　★

L'air frais du matin fouette le visage de Luke qui respire profondément. Une autre journée chaude s'annonce. Il est arrivé depuis peu, mais il sait déjà reconnaître certains signes. Themba les lui a enseignés. C'est du reste facile d'interpréter les choses si on sait comment et où regarder. Mais les gens, leurs coutumes... ce n'est pas la même chose.

Il ralentit sa moto et la conduit près de la colline que Tulani avait grimpée la veille. Il s'arrête, installe la béquille de la moto et monte la colline pour réfléchir.

Son père ne comprenait pas. Il essayait seulement de savoir comment les choses se faisaient ici. Il donne un coup de pied sur une pierre et se précipite vers un arbre. Arrivé près d'une grosse roche, il s'assoit. Le soleil tape contre ses vêtements. Luke ferme les yeux; ses muscles se détendent sous l'effet de la chaleur.

Une branche craque. Surpris, Luke ouvre les yeux. Tulani se tient près du buisson. Les boutons de fleurs tout gonflées dégagent un parfum intense. Elle lui sourit. Ses mains sont sagement croisées sur sa robe.

Luke lui rend son sourire. Les yeux de Tulani brillent. Elle s'avance et se laisse tomber sur les genoux près de lui. À travers le buisson, le soleil dessine de la dentelle sur ses bras. Tulani regarde Luke dans les yeux. Le matin est si calme que Luke a peur qu'elle n'entende son coeur battre. Lentement, il tend la main et lui touche doucement le bras. Un frisson l'envahit soudain et il se met à trembler. Ses doigts glissent sur le bras de la jeune fille et se referment sur sa main. Comme une fleur noire, l'autre main de Tulani se referme sur la sienne.

★ ★ ★

- Roselon! appelle Themba en courant le long du sentier pour la rattraper.

Il est hors d'haleine.

- Bonjour, dit doucement Roselon.

- Je veux te voir... commence-t-il en changeant nerveusement ses livres de place dans son sac.

- Tu as été très pris par tes études, dit-elle en montrant ses nombreux livres.

- Roselon, je pense tout le temps à toi.

- Je pense à toi...

Themba se retrouve vraiment dérouté. Il ne sait plus comment poursuivre la conversation. Il lui sourit. Roselon regarde ses mains qui s'agrippent à ses livres. La main de Themba se dirige vers elle. Leurs doigts se touchent. Il lui prend gentiment la main et s'approche d'elle. Roselon ne bouge pas. Il s'approche encore plus. Roselon ferme les yeux. Les lèvres de Themba se posent sur les siennes doucement.

- Espèce de babouin insolent!

Ces mots retentissent aux oreilles de Themba. Une main le frappe à la tête.

- Garde tes mains loin de ma fille. C'est ça qu'on vous apprend à l'école? On verra bien ce que ton père aura à dire de tout ça! Le père de Roselon prend sa fille par le bras et l'entraîne le long du sentier vers leur hutte.

Une vague de crainte s'empare de Themba. Il court le long du sentier, honteux de ce qu'il a fait. Pourquoi avait-il écouté Luke aussi. Ce n'était pas dans leurs coutumes! Ses jambes le propulsent en avant. Le poids de ses livres pèse sur son bras. «Je n'écouterai plus jamais Luke», se dit-il d'un air de défi.

C'est alors qu'il remarque la moto stationnée sur le bord de la route. Mais son ami ne semble être nulle part. Themba décide de partir à sa recherche. De lui dire que ses coutumes ne sont pas les leurs. Il grimpe sur la colline, contourne le rocher et aperçoit Luke et sa sœur.

- Tulani! explose-t-il. Que fais-tu?

Luke se lève d'un bond.

- Calme-toi, Themba. Nous n'avons rien fait de mal!
- Tu as été promise! crie Themba à sa soeur.
- Promise? répète Luke perplexe en se tournant vers Tulani.
- Ma dot paiera son éducation, lâche-t-elle en faisant un signe vers son frère.

Le visage de Luke s'empourpre. Ses poings se serrent.

- Themba! Tu ne peux pas faire ça!
- Reste en dehors de tout ça! s'exclame-t-il en repoussant Luke et en faisant un brusque mouvement vers Tulani.
- Non! crie Luke en fonçant dans le dos de Themba et en le bourrant de coups de poing.

Les deux garçons roulent au sol. Themba passe par-dessus Luke et lui martèle la poitrine.

- Themba! Non! Themba, arrête! Themba! Non! supplie désespérément Tulani en essayant de les séparer.

Les garçons refusent de lâcher prise et se roulent dans la poussière tels des animaux qui se battent pour leur territoire. Impuissante, Tulani se sauve.

10

LA DÉCISION DE TULANI

LA MUSIQUE ET LES VOIX remplissent le village. Tulani est assise dans la hutte. Elle écoute la célébration qui se déroule à l'extérieur. Comme elle déteste ce qu'elle entend! Elle dissèque chacun des sons : les petits cailloux qui sont agités à l'intérieur des calebasses; le bout des doigts qui martèlent sur peau tendue des tambours; les morceaux de métal qui vibrent contre les cavités des instruments de bois; le frottement des pieds des gens qui dansent en rond.

- *Titambire! Titambire!* entend-elle sa mère s'écrier.

Une réponse lui parvient :

- *Mhuri yakadii?*

Un choeur de ricanements et de rires s'élève. Le linge devant l'entrée tremble légèrement. Deux ombres s'y dessinent. Tulani entend sa mère dire à une des filles du village de laisser Tulani en paix.

Les odeurs des aliments qui bouillonnent sur les feux de charbon glissent dans la hutte. Tulani a la nausée. Elle se masse l'estomac espérant effacer le noeud qui l'enserre.

- Il arrive! Il arrive! crie la voix flûtée de Murhiko pour prévenir les gens.

Tulani se bouche les oreilles avec ses mains pour éliminer ces mots, pour ne pas entendre la joie qui possède le village.

Sur la route roule une vieille voiture européenne. M. Nyere est assis fièrement derrière son volant recouvert d'une housse en fourrure. Ses trois enfants rebondissent sur le siège arrière. Des fleurs de plastique se balancent d'un bord à l'autre du tableau de bord. Des colliers de perles oscillent sur le rétroviseur.

Le père et le grand-père de Tulani se dirigent vers la voiture, suivis par un groupe de jeunes enfants.

La voiture souffle bruyamment en se stationnant près d'un baobab. M. Nyere passe sa forte carrure par la portière. Il replace son chapeau, lisse sa cravate sur son ventre rebondi qui fait presque sauter les boutons de sa chemise. Ses trois enfants s'extirpent de la voiture et se joignent aux autres enfants sur le capot de la voiture.

Tulani jette un coup d'oeil à travers le rideau. Elle se mord les lèvres et retient sa respiration.

- *Titambire!* entend-elle son père s'exclamer en serrant la main de M. Nyere.

- *Titambire!* s'exclame à son tour son grand-père.

Les trois hommes marchent à l'ombre d'un acacia où trois petits tabourets ont été installés.

Tulani laisse retomber le rideau. Elle se place devant l'affiche qu'Inga lui a offerte et qu'elle a épinglée au mur. Sous une photo de la ville de Stockholm, on peut lire : *Bienvenue en Suède.*

- La Suède, se dit-elle. C'est si loin. St...ock...holm, prononce-t-elle avec soin. Elle examine la photo de la ville et voudrait être loin de cette fête de village, loin de Mateus et de ses enfants.

- Tulani! Il est là! prévient sa mère en entrant.

Tulani ne se retourne pas.

- Va te laver et mets ta plus belle robe, dit sa mère d'une voix douce en touchant la joue de sa fille.

Elle ressent un pincement au coeur quand elle voit les yeux implorants de sa fille se remplir de larmes.

- Tulani, je viendrai te chercher quand le moment sera venu.

Sa mère baisse légèrement la tête pour ne pas que sa fille la voie pleurer; en silence, elle se glisse en dehors de la hutte. Tulani se dirige vers une ficelle suspendue entre deux poteaux et prend une robe et un chemisier. Elle se regarde dans le petit miroir suspendu au mur. Il emprisonne son visage dans un petit carré. Un visage rempli de tristesse.

★ ★ ★

M. Mateus et son père sont installés sous l'arbre et prennent un rafraîchissement. À côté d'eux, le grand-père de Themba observe les réjouissances avec satisfaction. C'est une longue tradition qui se poursuit, pense Themba, et elle est excellente. Maintenant, ses parents auront suffisamment d'argent pour lui assurer une bonne éducation et lui, en retour, sera capable de prendre soin d'eux lorsqu'ils seront âgés.

Le son de la musique le remplit de joie. En regardant les gens de son village qui dansent et préparent un festin il se sent fier de sa famille.

- M. Nyere est un bon choix pour Tulani, murmure-t-il. Il est riche. Elle n'est pas neuve, remarque-t-il en regardant la voiture. Mais bien des gens ici sont incapables de s'offrir un tel cadeau. Ils doivent marcher. Ma soeur a beaucoup de chance.

En bas du sentier qui mène aux huttes de sa famille, Themba aperçoit la famille de Roselon qui vient à la fête. Son sourire se transforme en une inquiétude en voyant que le père de Roselon tient celle-ci par le bras. Roselon essaie de se dégager.

Themba, anxieux, regarde les hommes qui sont rassemblés près de l'acacia. M. Matiba, son professeur, s'est joint à son père et à son grand-père. Son coeur bat plus vite. Il se précipite vers les hommes.

- M. Matiba, s'empresse-t-il de dire tout en se courbant légèrement. Quelque chose ne va pas. Je dois vous en parler.

Le professeur s'excuse auprès des autres et s'éloigne avec Themba.

- Qu'est-ce qu'il y a?

- Le père de Roselon arrive... dit-il.

M. Matiba regarde la famille qui s'approche.

- Oui. Et quel est le problème?

- Il m'a surpris en train d'embrasser Roselon, hier.

- Ah, Themba! s'exclame M. Matiba en lui donnant une légère tape derrière la nuque.

Reprenant son souffle, il décide d'aller accueillir la famille.

★ ★ ★

Tulani s'est habillée. Les yeux rivés sur l'affiche de Stockholm, elle attend que sa mère l'appelle. Elle étend le bras vers la petite table et touche les livres que Luke lui a offerts. Elle en ouvre un et regarde son nom. Puis du bout des doigts, elle essuie les larmes qui coulent sur ses joues.

- Roselon! entend-elle sa mère s'exclamer d'une voix chaude.

Tulani pense à son amie. Comme elle a de la chance de ne

pas avoir de frère. Elle n'a pas besoin d'épouser un vieil homme qui a déjà trois enfants!

Elle regarde de nouveau l'affiche. Son regard se pose sur son petit sac à main en plastique, dans un panier sur la table.

★ ★ ★

- Ce n'est pas juste! Toute sa vie va être gâchée! tempête Luke en faisant les cent pas dans le salon.

- Il n'y a rien que l'on puisse faire, réplique Joe en concentrant toute son attention sur le bouton de chemise qu'il est en train de recoudre. Tu ne peux pas dire aux gens comment mener leur vie.

- Mais ce n'est pas bien! s'exclame Luke en frappant de son poing la paume de sa main.

- C'est leur façon de vivre, fait remarquer Joe en passant le fil à travers le bouton.

- Tout ce que je te demande, c'est de m'aider!

- Luke... franchement! s'énerve son père.

Il se pique avec l'aiguille. Une goutte de sang perle sur son pouce.

- Bon, oublie ça, gesticule Luke.

En furie, il sort de la pièce. Son père s'intéresse plus à son foutu bouton qu'au sort de Tulani. La porte fait un bruit de ferraille quand il la claque.

- Luke! s'écrie Joe en se précipitant sur la véranda derrière son fils.

Luke saute sur le démarreur de sa moto. Le moteur grince âprement, puis démarre. Luke emballe le moteur et met son casque. Puis il l'éteint et s'affale sur le guidon.

Joe traverse l'entrée et va rejoindre son fils pour l'encourager.

★ ★ ★

Tulani prend son sac à main, l'ouvre, et en sort toute la monnaie. Elle compte les pièces soigneusement avant de les remettre en place. Puis elle tire une petite valise de sous la table, va vers la corde à linge et retire tous les vêtements qui y sont suspendus. Elle les range dans la valise, regarde autour d'elle, se dirige vers la table et ramasse les livres. Elle les place avec soin sur ses vêtements. Elle se précipite vers le rideau de tissu et jette un coup d'oeil à l'extérieur. Sa mère s'approche avec un panier de nourriture. Tulani referme le rideau, attend, puis regarde de nouveau dehors.

★ ★ ★

- Themba, Themba, appelle M. Matiba en lui faisant signe d'aller le rejoindre auprès du père de Roselon.

Themba essaie de ne pas montrer son embarras. Il tape des mains en signe d'accueil, incline légèrement la tête. M. Matiba place une main sur l'épaule du père de Roselon et l'autre, sur l'épaule de Themba. Le père de Roselon fronce les sourcils en regardant Themba. Il lui tend la main sans enthousiasme. Les deux hommes font la paix.

- Bien, bien, fait M. Matiba d'une voix apaisante. Maintenant venez. Venez vous joindre à M. Maposa et M. Nyere. Venez prendre un rafraîchissement.

Le père de Roselon regarde sa fille sévèrement lorsqu'il passe devant elle. Roselon le regarde s'éloigner, puis se tourne vers Themba et lui sourit. Themba lui sourit en retour.

★ ★ ★

- Tulani! appelle Tendayi de l'extérieur de la hutte, fière du festin qui s'organise en l'honneur de sa fille et de son futur gendre. Tulani!

Elle soulève le rideau et entre. Tulani n'est pas là. Elle regarde parmi les gens, puis de nouveau à l'intérieur de la hutte pour être bien certaine.

- Tulani... Elle est partie!

Son coeur s'enfonce comme une pierre dans un puits.

★ ★ ★

Tulani est au bord de la route et se crampanne à sa valise.

Au loin, un autobus avec son fardeau de passagers, de boîtes et d'animaux vivants souffle et grogne en s'approchant. Tulani fait un signe de la main. L'autobus s'arrête, soulevant un épais nuage de poussière. La porte s'ouvre. Tulani saute vivement sur le marchepied. Le conducteur siffle et donne un coup sur la tôle de l'autobus. Une volée d'oiseaux qui picorent tranquillement des graines dans le champ sont affolés par ce bruit et se sauvent dans toutes les directions.

★   ★   ★

Tulani appuie son visage contre la vitre quand l'autobus pénètre dans les rues de la ville. Les gens s'affairent le long des trottoirs encombrés d'étals. La ville vibre alors que des voitures et des camions passent à toute vitesse. La couleur terne des bâtisses la surprend. Elle ressent un mélange de vive émotion et de crainte.

L'autobus se fraie un passage parmi la foule jusqu'à l'arrêt. Tulani ramasse ses objets, prend dans son sac à main une feuille de papier indiquant l'adresse de sa tante et se dirige vers la porte. Un millier d'odeurs l'assaillent; un vacarme incroyable parvient à ses oreilles. Elle descend de l'autobus. Les gens la bousculent et accrochent sa valise qui rebondit contre elle. Elle la serre plus près d'elle, regarde à gauche et à droite, ne sachant pas quelle direction choisir. Elle se sent entraînée par la foule qui se presse le long des autobus.

- Puis-je vous aider, mademoiselle? demande un jeune garçon qui a remarqué son désarroi.

- Je cherche ma tante. À cette adresse, répond timidement Tulani en montrant le bout de papier.

- Ah, fait le jeune en y jetant rapidement un coup d'oeil. Je sais où c'est. Près de la clinique. Suis-moi, ajoute-t-il en lui souriant.

Ils s'enfoncent à l'intérieur du marché, là où les gens jouent des coudes autour des étals débordant de fruits mûrs, de légumes encore couverts de terre, de montagnes de vêtements et de seaux de plastique aux couleurs vives. Ils parlent des dialectes que Tulani ne connaît pas. Elle agrippe son sac à main et le serre sous son bras.

- Tu viens de la banlieue? demande gentiment le garçon.

- Oui, répond Tulani.

Il est si gentil, se dit-elle en se détendant un peu.

- D'où viens-tu? poursuit-il en souriant.

- De... commence Tulani en baissant les yeux.

Quelqu'un lui touche l'épaule. Elle se retourne. Le garçon la bouscule, lui arrache sa valise des mains et se perd dans la foule.

- *Mukomana! Mira! Mira!* crie Tulani. *Batsirai! Tsotsi! Batsirai!*

Les gens s'arrêtent, la regardent poursuivre le garçon dans les allées, parmi les étals.

Le garçon bouscule une jeune femme transportant un bébé et un panier rempli de victuailles.

- *Hokoyo! Chenjerai!* lui crie-t-elle en lâchant son panier pour protéger son bébé.

Tulani effleure la même femme en passant, et essaie de courir encore plus vite, mais le garçon a disparu. Il n'est nulle part.

- *Zvaita sei?* crie la femme à Tulani.

- Ce garçon m'a volé mes vêtements! Mes livres!

- Ne perds pas ton temps, jeune fille! répond-elle avec humeur. Ils t'arracheraient ton petit du dos si tu ne les surveillais pas. *Munobva kupi?* Tu as un abri?

- Ma tante vit sur la rue Mova, près de la clinique.

Tulani commence à pleurer.

- Je vais tout près de là, dit la femme en adoucissant sa voix. Je vais te montrer le chemin. Je m'appelle Agnès et voici Gabriel.

Tulani leur sourit. Le petit Gabriel gazouille.

- *Ndinonzi* Tulani. *Ndingatore here?* ajoute-t-elle en se penchant et en ramassant le panier de la femme.

- *Ndatenda*, répond Agnès en entourant les épaules de Tulani d'un geste rassurant.

11

LA GRANDE VILLE

LUKE OUVRE LA BOÎTE À OUTILS, prend un tournevis, défait plusieurs boulons et retire certains tuyaux. Il souffle dans l'un d'eux. Des saletés sortent à l'autre extrémité. Il élève le tuyau, l'examine et voit le soleil à travers l'étroit conduit. Satisfait, il le remet en place.

La camionnette de Joe crache de la poussière en tournant dans l'entrée. Une fine poudre rouge retombe sur Luke et sur sa moto. La Jeep s'arrête dans un crissement de pneus. Joe descend, claque la portière et se dirige d'un pas furieux vers la maison.

- Hé, papa!

Joe se tourne vers son fils.

- Tulani est partie de chez elle, lance-t-il à son fils. Es-tu au courant de quelque chose?

Son doigt se lève vers son fils d'un geste accusateur.

- Bravo! Elle a bien fait!

- Tu trouves qu'elle a bien fait! Ce n'est pas comme si tu faisais une fugue à Toronto, et puis après un certain temps que tu appelles à la maison parce que tu t'ennuies, tu sais, lance son père en postillonnant de colère. As-tu seulement une idée de ce qui peut arriver à Tulani en ville?

- Quoi? fait Luke en haussant les épaules.

- Ne me réponds pas comme ça! tempête son père. Elle ne s'est jamais éloignée à plus de quinze kilomètres de son village. Elle ne connaît personne! Elle n'a rien à manger! Tu sais ce qui arrive à des filles comme ça? Tu n'as jamais entendu parler de prostitution? De drogues? Tu sais ce que ça veut dire, le mot slim?

- Non, quoi?

- C'est comme ça qu'ils nomment le sida, ici : le slim! Pense un peu à tout cela!

Luke regarde son père monter l'escalier en colère.

- Papa! s'écrie-t-il, Je vais aller la chercher!

- Tu ne vas nulle part. Interdiction de quitter la maison!

Joe ouvre la porte et la fait claquer derrière lui.

La dernière fois que Luke avait vu son père dans une telle colère, c'était lorsqu'il se disputait avec sa mère, peu avant leur divorce. «Il a peut-être raison, se dit-il... C'est peut-être de ma faute... Je n'aurais peut-être pas dû dire à Tulani qu'elle pouvait devenir institutrice... Je lui ai peut-être mis de folles idées en tête». Il doit aller chercher Themba. Il iront en ville ensemble et la trouveront.

Il est puni. Mieux vaut laisser la moto. Luke se dépêche de partir avant le retour de son père.

Sur le bord de la route, il attend qu'une voiture ou un camion passent. Rien. La chaleur de l'après-midi l'épuise. Dix minutes passent et aucun véhicule ne s'est encore présenté. Il n'y arrivera jamais à ce rythme-là.

Enfin, il entend un léger ronronnement derrière lui. Il se retourne et voit un nuage se soulever au loin. Il attend et lève le pouce quand le camion approche. Le véhicule le dépasse.

- Aussi bien laisser tomber, se dit-il.

Mais le camion s'immobilise quelques mètres plus loin.

- Hé, fantastique! s'exclame Luke en sautant dans les airs et en courant vers le camion.

- Bonjour, dit-il au conducteur.

- Je ne savais pas exactement ce que tu voulais, lui répond celui-ci en passant la tête par la fenêtre.

- Je faisais de l'auto-stop, explique Luke en levant le pouce pour appuyer ses dires.

- On ne fait pas ça ici, mon garçon, fait l'homme en riant et en agitant la main pour montrer à Luke ce qu'il devait faire.

Luke monte dans la cabine.

★ ★ ★

En s'approchant du village, Tendayi ressent une douleur au dos sous le poids du seau d'eau. Maintenant que sa fille est partie, elle doit aller chercher l'eau tous les jours. Le bébé donne des coups. Elle l'apaise de sa main libre. «Je deviens trop vieille pour cette corvée, pense-t-elle. Le bébé sera bientôt trop gros.»

Devant, elle voit son mari et Themba qui travaillent à la pompe. Elle prie pour qu'elle soit bientôt réparée. *Baba* est doué pour ce genre de choses.

Elle dépose le seau près de la pompe et se frotte le dos.

- Ce tuyau doit être remplacé, l'informe Simba. Il faut au moins deux mois pour en avoir un nouveau!

Tendayi soupire. Maintenant, elle se masse le dos des deux mains.

Themba regarde sa mère.

- Tulani! gronde-t-il après sa soeur. Tu as eu tort. Ce n'est pas bon pour notre mère!

Il va à côté de sa mère.

- Je peux aller en ville, *mai,* et essayer de la trouver, dit-il doucement mais avec détermination.

Tendayi lui sourit.

- Tulani va aller chez ma soeur. Zodwa la renverra ici.

Simba lance un coup d'oeil à sa femme.

- Elle n'a pas de maison, ici!

- *Baba*, le gronde gentiment Tendayi. Elle veut devenir institutrice.

- Ce n'est pas la place d'une femme! s'exclame-t-il en se remettant au travail et en serrant le tuyau bien fort.

Themba voit une vague de tristesse passer sur la visage de sa mère. Derrière elle, Luke remonte la route.

- Que veut-il? Il n'a rien à faire ici! lance Themba furieux en allant à sa rencontre.

Luke peut lire la colère de Themba dans sa démarche. Il s'arrête et attend que Themba le remarque.

- Tu n'es plus mon ami.

- D'accord. Alors plus personne n'est l'ami de personne, répond Luke. Mais ta soeur a besoin de nous.

- Je ne te fais plus confiance!

- Je n'ai rien fait de mal, Themba, affirme Luke en tendant les mains, paumes vers le haut. Je te le jure... Tu as dit que nous étions frères, non? fait remarquer Luke qui veut faire la paix à tout prix. Si nous sommes frères, alors Tulani est ma soeur!

Themba réfléchit aux paroles de Luke. Il demeure immobile. Luke tourne les talons et commence à s'éloigner.

- Alors, tu viens? lance-t-il à Themba par-dessus son épaule.

Le regard de Themba s'attarde sur sa mère qui soulève le seau pour le replacer sur sa tête. Elle lutte contre la douleur pour poursuivre sa route vers leur hutte, marchant lentement derrière son mari.

«Je ne te fais pas confiance, Luke Novak», se dit Themba en emboîtant le pas derrière Luke. Je vais y aller, mais je te garde à l'oeil.

★ ★ ★

- *Ndatenda! Chisarai!*

Tulani fait un signe de la main à Agnès et à Gabriel qui entrent chez eux.

«Deux rues plus bas, une plus haut», se répète-t-elle sans arrêt pour être certaine de ne pas oublier les indications que lui a données Agnès.

Tout autour d'elle, de bas en haut de la rue, des petits garçons s'amusent à pousser avec de longs bâtons des objets qui roulent. Elle regarde les jouets avec attention. «Ce sont des camions», se dit-elle. Des jeunes filles portant des jupes et des chemisiers sales chantent en sautant dans les airs et en tapant des mains.

Les maisons ne sont pas comme celles du village de Tulani. Elles sont carrées et toutes collées les unes contre les autres. Certaines sont de tôle et de bois, quelques-unes sont en carton. Dans des petites cours, des femmes balaient la terre avec des brindilles, un peu comme elle le faisait dans la cour, chez elle. Dans d'autres cours, des hommes travaillent. L'un d'eux fait tourner la roue d'une bicyclette. La roue actionne un soufflet de haut en bas. Le soufflet envoie une flamme pendant qu'un autre homme martèle le métal. Dans un autre jardin, un homme fait fonctionner une machine à coudre en appuyant sur une pédale. Un morceau de tissu glisse sur la machine.

- *Zvakanaka! Zvakanaka!* l'encourage une forte femme enveloppée d'un pagne vert et blanc.

Tulani fait une halte pour regarder l'homme qui s'arrête aussitôt de travailler.

- *Munodei?* lui demande-t-il.

- *Hapana. Masikati!* répond-elle en faisant un signe de la

main et en poursuivant son chemin.

«Deux rues vers le bas et une vers le haut», se rappelle-t-elle en tournant en haut de la rue. Elle regarde le morceau de papier et étudie les numéros de chacune des maisons. Son visage s'illumine de joie lorsqu'elle voit que les chiffres sur une petite maison de bois verte correspondent à ceux qui sont inscrits sur le papier qu'elle a entre les mains. Elle tend prudemment la main à travers la clôture grillagée, soulève le loquet de la porte, la pousse et entre dans le jardin. Sur le sol, des boutons oranges, provenant d'un flamboyant, ressemblent à des braises. Près de la porte, des fleurs de cana sont d'un rouge flamme. Elle se penche pour les sentir, puis frappe à la porte.

Dans la rue, une jeune femme toute mince vêtue d'un tailleur chic l'observe.

- *Munodei?* demande-t-elle.

Tulani se retourne. Ses yeux s'agrandissent et s'illuminent.

- Tante! s'écrie-t-elle en courant vers la jeune femme et en soulevant les boutons de fleurs aux couleurs flamboyantes telles des étincelles.

- Tulani? Tulani! s'exclame sa tante en la serrant dans ses bras. *Wakadii?* demande-t-elle en éloignant Tulani d'elle afin de mieux la voir.

Tulani affiche un grand sourire pour montrer à sa tante qu'elle va très bien et qu'elle est heureuse de la voir.

- Tulani, *pinda.*

Bras dessus bras dessous, elles entrent dans la maison.

★   ★   ★

- Il n'y a pas de travail ici pour les filles qui viennent de la campagne et qui n'ont ni expérience, ni éducation, lui explique sa tante en transportant une théière.

Tulani dépose le plateau avec le sucrier et le pot à lait sur la table.

- Je pensais qu'avec ton travail, tu aurais pu me trouver quelque chose à faire dans un bureau, soupire-t-elle en versant le lait fumant dans les deux tasses.

- Si tu as beaucoup de chance, Tulani, mais alors vraiment beaucoup de chance, tu trouveras peut-être un travail comme femme de chambre ou comme femme de ménage, répond sa tante en penchant la théière au-dessus des deux tasses. Mais ce ne sera pas suffisant pour payer le coût de tes études.

- Je trouverai quelque chose, réplique-t-elle avec détermination.

Zodwa regarde ses enfants tourner autour de Tulani. «Ils ne sont pas beaucoup plus jeunes qu'elle. Elle est aussi naïve qu'eux», pense sa tante. La ville n'est pas un endroit pour elle.

- Non, Tulani, tu dois retourner à la maison. Je te conduirai à l'autobus demain.

- Je ne peux pas! s'écrie Tulani avec défi.

- Tu le dois! Et tu le feras!

Tulani croit entendre la voix de sa propre mère. Elle sait qu'elle n'a plus rien à dire.

★   ★   ★

- *Ndatenda*, dit Zodwa au conducteur lorsqu'il lui tend le billet. Elle va voir Tulani qui fronce les sourcils.

- Tiens, fait-elle avant de mettre entre les mains de Tulani un joli morceau de tissu rayé aux couleurs vives et soyeuses.

- C'est pour ta mère, précise Zodwa. Dis-lui que je pense souvent à elle.

- Je le ferai, tante, murmure-t-elle d'une voix à peine perceptible.

Zodwa défroisse le tissu et touche la joue de Tulani.

- Crois-moi, Tulani, c'est mieux comme ça. Rentre à la maison et excuse-toi auprès de ton père. Ta place est là-bas. Ne sois pas si triste. *Famba zvakanaka!*

- Au revoir, tante, répond Tulani en fixant le sol.

Sa tante la serre dans ses bras et s'éloigne. Elle se retourne et la regarde encore une fois avant de partir travailler.

Tulani attend que sa tante disparaisse parmi la foule. Elle prend le billet et va voir le conducteur.

- *Ruregerero!* Je veux me faire rembourser, s'il vous plaît.

★   ★   ★

Ce qui plus tôt était pour Tulani des portes de maison ne sont plus maintenant que d'immenses trous noirs. La ville est tellement différente la nuit. Les visages ronds et amicaux des étrangers deviennent sombres et apeurants.

- *Mango! Gwavha!* lui offre une vieille dame vêtue de loques en lui tendant deux fruits tout ratatinés.

Tulani fait non d'un signe de tête. La femme répète son offre. Tulani tourne la tête en entendant un grognement derrière elle. Un homme de large carrure avec de longs cheveux très crépus passe furtivement près d'elle. Elle s'empresse de libérer le passage.

Des petits feux projettent des ombres géantes qui rampent comme des insectes le long des murs des édifices. Une bouteille éclate.

- *Mu-sa-pinde!* crie une femme.

- *Ndinoda...* tousse un homme bourru.

Un homme ivre agrippe Tulani. Elle se précipite au milieu de la route en serrant fortement le foulard et son sac à main.

- Hé hé hé hé, font des voix en suivant la musique. Devant elle, quatre hommes tapent contre des instruments rudimentaires : une guitare à une seule corde, des bâtons qui frappent sur une vieille chaise brisée et des boîtes de conserve remplies de sable.

- Hé hé hé hé, soufflent les hommes en dansant.

Tulani les regarde de loin. Ils l'encerclent.

- Hé hé hé hé.

Elle sourit. Elle est déjà plus heureuse.

Elle se frotte les yeux de sommeil. Son estomac grogne.

- *Ndine nzara,* murmure-t-elle.

De l'autre côté de la rue, elle remarque deux hommes qui se détachent de l'ombre et se dirigent vers ce qui semble être un petit restaurant. Des papillons de nuit se jettent contre une ampoule nue suspendue à la fenêtre de la pièce. Tulani s'approche timidement.

- Tu veux quelque chose? lui demande l'homme qui est derrière les barreaux de la fenêtre, en souriant et en dévoilant ses dents recouvertes d'or.

- Oui, s'il vous plaît, dit doucement Tulani en regardant ses mains.

- Eh bien, il faut me dire ce que tu veux, mademoiselle! s'exclame-t-il en faisant un clin d'oeil aux deux hommes qui se tiennent de chaque côté de la fenêtre.

Leurs rires résonnent aux oreilles de Tulani.

Tulani lève les paupières très doucement.

- Quelques frites, prononce-t-elle d'une voix difficile à entendre avec ces rires. Et une boisson, ajoute-t-elle en montrant une étagère du doigt.

L'homme prépare sa commande. Tulani cherche une pièce de monnaie et la tend. L'homme lui sourit chaleureusement et lui rend quelques pièces.

Tulani se sent bien auprès de cet homme et décide de s'installer sur un banc tout près pour manger. Elle savoure le goût salé des frites chaudes. «Mange lentement, se répète-t-elle. Tu ne sais pas quand tu pourras de nouveau manger!» Elle scrute la rue tout en mastiquant. Les gens de la ville ne sont pas comme les gens de son village. Dans son village, ils n'ont pas peur et tout le monde s'entraide.

Elle pense à son village, à sa mère et son père, à *sekuru* et à *ambuya*, aux vieillards. Elle pense aussi à ses plus jeunes frères et même à Themba. Sa tante a raison. Sa place est à la maison. Elle sait qu'elle ne peut pas retourner chez sa tante. Elle l'a déçue.

Tulani porte une seconde frite à ses lèvres. Elle salive avant de la manger. Juste à cet instant, un garçon en haillons vient s'asseoir près d'elle. Tulani essaie de ne pas le regarder. Le garçon la dévisage. Tulani sent ses yeux suppliants. Il tape des mains en signe de salutation. Une grande salissure lui barre le visage. Ses mains sont couvertes de croûtes. Tulani lui tend le sac de frites. Les doigts du garçon vont du sac à sa bouche. Tulani se lève et s'en va. Lorsqu'elle se retourne pour lui jeter un dernier coup d'oeil, deux autres garçons l'ont rejoint suivis d'une petite fille vêtue d'une robe blanche toute déchirée. Les quatres enfants dévorent les frites en faisant claquer leurs lèvres de satisfaction.

En serrant prudemment ses objets contre elle, Tulani s'avance dans la rue. Elle enjambe des corps roulés en boule pour dormir.

«Tante avait raison», ne cesse-t-elle de se redire inlassablement.

Un frisson la parcourt.

À un coin, la lumière d'une porte d'entrée éclaire la rue. Une musique forte et des rires percent la nuit. Deux hommes titubent sur le trottoir. Tulani retient son souffle et cherche un endroit où courir se cacher.

- Hé, jolie dame, articule péniblement une voix. Qu'est-ce que tu fais, toute seule?

L'homme lui barre le chemin.

- Viens nous tenir compagnie. On est trrrrès gentils avec nos petites amies.

Un hoquet déchire l'air.

- Viens, jeune fille, insiste le premier homme. Viens t'amuser un peu.

La musique retentit.

- *Batsirai! Batsirai!* crie une femme du bar.

Tulani repousse les hommes et court à toutes jambes.

★   ★   ★

Toc, toc, toc, toc. Le coeur de Tulani cogne dans sa poitrine. Toc toc.

- S'il vous plaît, répondez. S'il vous plaît, supplie-t-elle d'une voix douce.

Agnès se retourne dans son lit. Toc, toc. Est-ce que c'est le vent contre la tôle du toit qui fait ce bruit? Rêve-t-elle? Elle secoue la tête. Toc, toc. Non, c'est la porte! Elle cherche sa robe de chambre. Gabriel dort près d'elle, dans son lit. De l'autre côté de la chambre, Agnès devine, sous la couverture grise, le corps maigre de Thoko, sa compagne de chambre. Elle enfile une robe de chambre rose toute défraîchie, va dans l'entrée et allume la lumière. Elle avance à tâtons entre les meubles de fortune, passe devant les grandes affiches dans son salon et ouvre la porte.

- Eh bien, c'est toi, s'exclame-t-elle en voyant Tulani sur le pas de la porte. Entre, petite soeur.

12

PAS DE TRAVAIL EN VILLE

LUKE REGARDE THEMBA descendre de l'autobus avant de le suivre. Six heures de route jusqu'à la ville, et ils n'avaient pas échangé un seul mot. Il lui avait même payé son passage espérant ainsi se faire un peu pardonner. Rien.

Themba sait qu'il va être difficile de trouver sa soeur dans un vrai labyrinthe de rues et de ruelles qui grouillent de sans-abri. Il doit réfléchir.

Luke prend une profonde inspiration. Après les quelques semaines qu'il vient de passer à la campagne, la vibrante animation des autobus et le tourbillon de la vie sur la place du marché sont aussi agréables qu'une friandise bien sucrée. Il se sent revivre.

- Alors, par où commence-t-on? demande-t-il à Themba en essayant de briser la glace.

- Je connais un endroit, tout près, qui est le lieu de rencontre de tous, répond froidement Themba en s'éloignant.

Luke le suit à distance, comme un chiot sur les talons de son maître. Ils passent dans les ruelles et doivent souvent faire des efforts pour réussir à se frayer un chemin parmi les gens qui sont regroupés devant les étals, troquant des produits et divers objets.

Au-dessus d'un toit de chaume, un grand panneau réclame annonce des boissons gazeuses. Quatre ou cinq tables sont dressées en dessous. Un Africain très grand et très mince est attablé à l'une d'elle. Un homme blanc qui a l'air d'être un touriste avec son appareil photo autour du cou, est assis en face de lui. Les hommes semblent en grande conversation; un porte-documents fermé est posé sur la table.

- Hé, Chinganza! s'exclame Themba qui vient de reconnaître son ami.

- Hé, Chinganza! s'écrie-t-il en se dirigeant vers la table.

L'Africain sursaute et prend le porte-documents tandis que l'homme blanc se lève et lui fait un signe de la main.

- À bientôt, lui dit Chinganza en se levant à son tour pour accueillir Themba.

- Themba! s'écrie-t-il Chinganza en tournant le dos à l'homme blanc et en ne lâchant pas le porte-documents. Il tend son autre main à Themba que ce dernier s'empresse de serrer longuement.

- Je te présente Luke Novak, dit Themba en faisant signe à Luke de s'approcher. Comment vont les transactions, Chinganza?

L'ébauche d'un sourire passe sur le visage de Chinganza.

- Hé, ne m'embarrasse pas, mon ami. Viens t'asseoir ici, offre-t-il en montrant une chaise libre et en déposant son porte-documents à côté de sa chaise. Hé, comment ça va?

Luke trouve qu'il essaie délibérément d'adopter des manières américaines.

- Chinganza était le meilleur étudiant de l'école, explique fièrement Themba à Luke. Nous avions tous parié qu'il deviendrait notre ministre des Finances.

- Pas encore, mon ami, répond Chinganza avec un drôle de ricanement. Qu'est-ce qui t'amène en ville?

- Ma soeur, Tulani, s'est enfuie!

- Oh! s'exclame Chinganza en affichant cette fois-ci un air de surprise véritable. C'est embêtant. Je ne l'ai pas vue par ici.

- Je crois qu'elle a dû venir ici pour chercher du travail ou un endroit où rester.

- Du travail? Tous ceux qui entendent parler d'une possibilité d'emploi en font profiter leur famille, dit-il aigrement. Sinon, ils vendent l'information. Mais dis-moi, a-t-elle un peu d'argent?

Themba baisse la tête et la secoue de gauche à droite.

- Quel genre d'emploi va-t-elle chercher? demande Luke naïvement.

- Elle pourrait être femme de chambre, Luke. Ou fille de bar. Quelque chose du genre.

- Tu veux dire que c'est tout ce qu'elle pourrait trouver comme emploi?

Chinganza éclate de rire et regarde Luke en secouant la tête.

- Hé, il n'y a pas de travail en ville! lance-t-il avant de se tourner vers Themba. Je vais faire circuler la nouvelle au sujet de ta soeur. Je saurai peut-être quelque chose demain. Mais je ne te promets rien.

Soudain, Chinganza aperçoit, par-dessus les épaules des deux garçons, des agents de police qui s'approchent.

- On se revoit bientôt les gars, fait-il en saisissant rapidement son porte-documents et en s'enfuyant.

- Merci, mon ami, crie Themba.

Luke peut voir un nuage sombre passer dans les yeux de Themba.

★ ★ ★

- Au suivant, s'il vous plaît! lance une femme avec ennui en classant les papiers qu'elle a en main.

Elle fait un signe de tête au jeune homme qui est assis sur la chaise de l'autre côté de son bureau.

- Au suivant, s'il vous plaît!

Tulani regarde la longue file de jeunes gens. Elle a rempli un formulaire d'emploi et elle vérifie attentivement ses réponses. Mais elle n'a pas su répondre à toutes les questions. Tous ces espaces blancs l'ennuient.

- Au suivant, s'il vous plaît! s'écrie la femme en plaçant les papiers et en secouant la tête.

- Au suivant!

La file avance petit à petit.

Tulani porte la main au tissu qu'elle a drapé autour de sa tête comme un turban. Ce tissu que sa tante lui a donné pour qu'elle remette à sa mère est vraiment très beau. Elle espère que ce turban la fera paraître plus âgée.

- Nous allons garder votre inscription dans nos dossiers. Au suivant, s'il vous plaît!

Tulani vérifie de nouveau le formulaire d'inscription qu'elle tient à la main.

- Au suivant, s'il vous plaît! lance la jeune femme. Au suivant!

Tulani lève la tête. La femme la regarde avec impatience.

- Au suivant! répète-t-elle.

Tulani s'avance et se laisse glisser sur la chaise.

- Je suis désolée, murmure-t-elle en poussant le formulaire devant elle.

D'un geste impatient, la femme se tapote les dents avec son crayon. Puis elle s'arrête.

- Tu as seulement terminé ton cours élémentaire?

- Oui.

La femme soupire, froisse le formulaire d'inscription et le jette dans la poubelle à côté de son bureau.

- Nous exigeons plus que ça. Tu dois avoir terminé ton cours secondaire pour travailler ici. Au suivant!

★ ★ ★

Luke chatouille le nez du bébé pour l'apaiser. Le petit garçon gargouille et rigole. Luke le fait rebondir sur ses genoux.

- Elle doit être encore en ville, alors, répond Zodwa en éteignant le feu sous la bouilloire et en versant l'eau bouillante dans la théière. J'aurais dû m'assurer qu'elle prenne bien cet autobus hier.

Quelques gouttes d'eau crépitent en tombant sur l'élément encore rouge.

- Elle ne reviendra pas ici.

- Je suis désolé qu'elle ait profité de la situation de la sorte, ma tante, dit Themba en prenant le plateau garni de tasses et de soucoupes.

- Elle s'excusera pour tous les problèmes qu'elle cause, répond Zodwa en regardant le garçon avec un air de reproche. Mais avant, tu devras la trouver! lui rappelle-t-elle.

- C'est comme chercher une aiguille dans une botte de foin!

- Quoi? demande Themba, surpris.

- Tu sais, explique Luke. Une aiguille... dans une botte de foin.

Zodwa et son neveu le regardent étonnés. Zodwa tend une tasse de thé à Luke. Elle regarde Themba et hausse les sourcils.

- D'accord, je n'ai rien dit, souffle Luke. Merci, ajoute-t-il en prenant la tasse et en la portant à ses lèvres.

Une bouffée de vapeur monte devant sa figure.

★ ★ ★

- Hé, les gars. Je suis désolé. Je n'en ai plus! C'est fini! Bon, d'accord. Voilà deux dollars, soupire Luke en tendant un billet au garçon qui lui donne en échange un camion en fer.

Luke en a déjà acheté trois. Mais comment alors refuser au quatrième garçon?

- Encore, monsieur. Encore? demandent les garçons.

Luke secoue la tête.

Themba se fraie un chemin parmi la foule de gens pleins d'espoir qui attendent à l'extérieur de l'usine. Luke le regarde s'approcher. «Il doit y avoir au moins une centaine de personnes», pense-t-il. Themba lui avait raconté comment des gens pouvaient marcher pendant des heures dans la ville avec l'espoir de trouver du travail et de l'argent, seulement pour s'asseoir et attendre près de l'entrée. À la fin de la journée, ils retournaient dans leurs villages sans même un sou en poche.

- *Enda! Enda!* crie Themba au groupe de garçons qui entourent Luke. *Aiwa! Aiwa!* fait-il en agitant une main furieuse dans leur direction.

- Encore, monsieur! Encore?

Ils ignorent Themba et sautent sur place devant Luke.

- Tenez, leur dit Luke en leur rendant tous leurs camions sauf un. Vendez-les de nouveau!

Les garçons dévalent la rue, satisfaits de récupérer la marchandise qu'ils viennent tout juste de vendre.

- Tu as eu de la chance, Themba?

- Ils n'ont engagé personne depuis un mois.

Ses poings s'enfoncent dans ses poches. Il donne un coup de pied dans une pierre sur le bord du trottoir.

★　★　★

Tulani marche sur la place du marché et ses pieds sont douloureux. L'odeur douce des goyaves et des mangues bien mûres fait gronder son estomac. Qu'allait-elle faire? Comment allait-elle se trouver un travail avec seulement son cours primaire? Où allait-elle trouver l'argent?

Des jeunes femmes accompagnées de jeunes enfants sont assises sur le bord du trottoir qui entoure une plaque de gazon desséché. Elles passent leurs mains sur leur visage marqué par la fatigue. Les enfants pleurent et s'agrippent aux robes défraîchies de leur mère. Tulani s'approche et s'assoit à côté d'elles.

«Ma tante avait raison», se dit-elle. Le désespoir l'envahit.

Elle regarde la masse de gens qui achètent des aliments pour le dîner. Elle s'imagine sa mère penchée au-dessus du feu; les graines de *mupunga* en train de bouillir dans la marmite et sa mère remuant de tendres *muriwo* verts. L'eau lui vient à la bouche.

Soudain, l'attention de Tulani se porte sur un jeune homme blanc devant un kiosque. Les muscles de ses bras se gonflent sous son T-shirt. Ses cheveux sont de la couleur de la chaume. Il examine des morceaux de tissu, les passant sur son visage et les frottant entre ses doigts. Tulani porte automatiquement la main à son turban.

- Peut-être... murmure-t-elle en le défaisant et en se dirigeant vers l'homme blanc.

- Pardon, monsieur, fait-elle poliment en lui souriant.

Le jeune homme lui sourit à son tour; ses yeux se plissent dans les coins.

- J'ai un beau morceau de tissu à vous montrer. C'est de la bonne qualité. Regardez comme le tissage est serré.

Tulani soulève le morceau de tissu pour qu'il puisse bien l'examiner.

- Seulement deux dollars, monsieur.

- Deux dollars?

- Oh... un et demi?

Le jeune homme rit doucement.

- Tu n'es pas habituée à faire ça, n'est-ce pas? Tu pourrais en obtenir dix fois ce prix.

Le coeur de Tulani bondit de joie. Elle dépose l'étoffe dans les mains du jeune homme.

- Tulani!

Quelqu'un hurle son nom à travers le marché. Elle se retourne.

- Luke! s'exclame-t-elle en faisant un signe de la main.

Soudain, elle aperçoit Themba juste derrière. Prise de peur, elle laisse tomber le morceau de tissu et s'enfuit.

- Hé, attends, attends! crie le jeune homme.

- Tulani! Tulani, reviens!

Luke se met à courir après elle. Il passe devant l'homme

blanc qui se penche pour ramasser le morceau de tissu. Themba qui suit Luke au pas de course accroche l'homme au passage.

- Tulani, s'égosille désespérément Luke.

Tulani court aussi vite que ses pieds le lui permettent. Paniquée, elle regarde à droite et à gauche pour trouver un endroit où se cacher. Elle se jette sous un kiosque.

- Tulani?

Luke met ses mains sur les hanches. Il se tourne en tout sens, se hisse sur la pointe des pieds pour mieux voir. Puis il donne un coup de pied dans la poussière.

- Zut!

Tulani se glisse prudemment en dehors de sa cachette.

- Lu...

- Luke! retentit la voix de Themba.

Tulani se recule dans sa cachette, se faisant aussi petite que possible dans un coin sous l'étal.

- Par ici, Themba!

Themba arrive à la course.

- Où est-elle?

Luke lève les bras.

- Je l'ai perdue! Je l'ai perdue! répète-t-il d'un air exaspéré.

Il repart à la course. Themba reste un moment immobile, jette un dernier coup d'oeil à la ronde, puis repart dans la même direction que Luke.

13

JE DOIS VIVRE MA VIE

TULANI REGARDE L'AFFICHE d'une femme blonde sur le mur du logement d'Agnès. Les lèvres pulpeuses de la femme sont encerclées de rouge. Elle a un grain de beauté noir sur la joue et ses cheveux sont comme un nuage blanc. Marilyn, lit-elle pour elle-même. L'affiche suivante montre un homme noir. Il a de longs cheveux noirs frisés et il tient une guitare. Bob Marley. Tulani hausse les épaules; elle n'a jamais entendu parler d'eux.

La dernière pièce de monnaie tombe dans la main d'Agnès.

- Une semaine de loyer.

Agnès dépose son autre main sur les pièces de monnaie.

- Merci, Agnès.

Agnès va dans la deuxième pièce de son appartement, celle qu'elle partage avec Gabriel et Thoko.

Dîne avec nous.

- Je n'ai plus d'argent.

- On partage cette chambre. On partage aussi la nourriture. Il y en a assez pour ce soir.

Elle s'assoit sur le lit et touche gentiment Gabriel qui est endormi, appuyé contre un oreiller.

- *Wakadii?* demande Agnès à Thoko qui mélange les légumes dans une casserole d'eau bouillante.

Thoko lui sourit. Tulani remarque pour la première fois la maigreur de Thoko et son air épuisé.

- Quel travail faites-vous, Thoko et toi? demande Tulani. Connaissez-vous un travail que je pourrais faire?

Agnès arrête de secouer Gabriel et se met à rire. Un rire grave qui rappelle à Tulani l'appel de la hyène. Puis Agnès tire sur une paire de jeans pendue sur un fil de fer qui traverse la chambre et le jette devant Tulani.

- Essaie ça.

- Oh! Un pantalon! s'exclame Tulani.

Les jeans lui brûlent les mains comme s'ils étaient en feu.

- Maintenant, on va te transformer en une vraie fille de la ville, dit Agnès en souriant à Thoko. Une fille superbe!

★   ★   ★

Au club, la musique bat son plein. Agnès se regarde dans un petit miroir, retouche son rouge à lèvres avec son doigt et ajuste le noeud en paillettes doré qui retient ses cheveux au-dessus de sa tête. Sa main lisse sa chemise et son pantalon serré. Elle jette un bref regard à Tulani, qui est en jeans et en chemisier blanc, et aux anneaux en or qui sont suspendus à ses oreilles.

- Pas mal? dit-elle à Thoko qui se tient un peu plus loin, appuyée contre un lampadaire. La lumière donne une teinte verdâtre à sa peau.

- Je ne suis pas certaine, pas certaine que... commence Tulani.

- Allez, ma fille, l'encourage Agnès en la prenant par le bras. Les trois femmes entrent au club.

- Voudrais-tu m'accorder cette danse?

Un homme mince vêtu d'une chemise dont un seul bouton est attaché et d'un pantalon taché et déchiré regarde en direction de Tulani.

- Tu peux avoir mieux, lui souffle Agnès en la serrant contre elle comme une mère poule.

- Ah, Agnès, c'est agréable de te revoir, dit un homme en les conduisant à une table près de la piste de danse.

Un homme bien mis s'approche et murmure quelque chose à l'oreille de Thoko. Les deux se dirigent vers la piste de danse. Tulani les regarde danser sous les lumières saccadées du stroboscope. L'homme serre Thoko contre lui. La musique est tellement forte que Tulani a mal aux oreilles.

- Regarde! fait Agnès en tapotant la main de Tulani et en lui montrant d'un signe de tête un homme grassouillet dans un complet trois pièces. L'homme leur sourit et fait un signe de la main. Ses doigts sont couverts de bagues qui brillent à la lumière.

- Il est si vieux, répond Tulani avec répulsion.

- Et tellement riche, réplique Agnès les yeux agrandis. Et généreux!

- Agnès, je ne pense pas que je peux faire ça.

Agnès rejette sa tête en arrière.

- Quand on a vraiment faim, on se demande «Qu'est-ce qu'il

y a de mal à avoir un peu... d'amour», souffle-t-elle.

Agnès ouvre son sac à main prend quelque chose qu'elle dépose dans la main de Tulani.

- Rappelle toi de toujours garder ça sur toi et de t'en servir!

Tulani regarde le petit emballage plastique carré au creux de sa main. À l'intérieur, il y a un cercle rond en caoutchouc.

- Qu'est-ce que c'est?

- Tu le mets à l'homme. Avant de faire quoi que ce soit! Sinon, tu peux attraper le slim.

Tulani a l'air embarrassée.

- Tu sais ce que je veux dire?

Tulani secoue la tête; elle l'ignore.

- Le slim te tuera.

Les yeux de Tulani s'agrandissent de peur.

- Regarde Thoko. Elle a le slim, maintenant, confie Agnès en secouant tristement la tête.

Thoko se déplace dans les ombres, dans les bras de l'homme. Pendant une minute, la lumière vive lui donne un teint violacé; une minute après, son visage disparaît dans la noirceur.

L'homme grassouillet en complet leur fait un signe et un clin d'oeil. Il se lève et s'approche de leur table. Tulani a la gorge serrée. Agnès dépose son sac à main et va rejoindre l'homme.

- Hé, chérie, où étais-tu passée?

Agnès répond par un rire aigu.

- Viens danser avec moi et je vais te raconter une petite histoire.

- Oh, toi et tes histoires, lance Agnès en riant encore plus fort.

Elle le prend par la main, le guide à la piste de danse et se jette dans ses bras.

Tulani regarde Agnès danser. À la lumière du stroboscope son corps qui suit le rythme apparaît et disparaît. Puis, elle regarde Thoko. La lumière tombe dans les creux de sa peau; la noirceur l'enveloppe. Tulani commence à frémir quand un homme lui fait signe et se lève pour s'approcher de sa table. Paniquée, elle saisit son sac à main et se sauve à toute vitesse.

★ ★ ★

Tulani fait bien attention de ne pas renverser l'eau de la bassine. Elle la dépose lentement sur la table et se tourne vers Agnès.

- Es-tu fâchée contre moi?

Le pinceau du vernis à ongles s'immobilise au milieu d'un geste. Agnès la regarde.

- Non. Mais que feras-tu pour la nourriture et le loyer la semaine prochaine?

Tulani jette un regard vers Thoko qui est endormie sur le canapé de fortune. Son visage est crispé. «Lorsqu'elle est endormie, elle ressemble à une vieille femme», pense Tulani.

Agnès montre Thoko avec son pinceau.

- On fait ce qu'on peut pour survivre.

- Quelque part en ville, je vais trouver du travail, répond Tulani d'un ton de défi.

Agnès recommence à se peindre les ongles.

- J'avais l'habitude de penser ça, moi aussi.

Agnès souffle sur ses ongles et secoue sa main. Puis elle prend les anneaux d'or et les tend à Tulani.

- Garde-les, lui dit-elle. Ils te vont bien. Ils te porteront peut-être chance.

Tulani s'empresse de les mettre et sourit à Agnès. Elles marchent toutes les deux vers la porte. De son bras, Agnès entoure les épaules de Tulani.

- Bonne chance, petite soeur, lui souhaite-t-elle avant de la regarder s'éloigner. Bonne chance, répète-t-elle en s'appuyant contre le chambranle de la porte.

★ ★ ★

Le soleil baisse. Des vagues de chaleur se soulèvent des rues pavées. Tulani fait claquer sa langue dans sa bouche. Elle serre les lèvres pour avoir un peu de salive dans sa bouche, puis elle passe sa langue sur ses lèvres. Tout autour d'elle, la rue fourmille de gens. Les vitrines des boutiques sont remplies d'articles pour touristes. Les prix sur les étiquettes sont plus élevés que le salaire d'une année que fait sa mère en vendant ses légumes. Elle marche péniblement, passe devant une terrasse. Des gens y mangent. Elle essaie de ne pas regarder les assiettes qui débordent de bonnes choses. Les bouteilles de boissons gazeuses luisent au soleil tandis que les glaçons fondent dans les verres.

Ses jambes lui font mal. Tout près, il y a un petit jardin rond. Au centre, un grand arbre fournit comme un parapluie d'ombre. Tulani va s'asseoir au pied de l'arbre et s'appuie contre le tronc. Il y fait plus frais. Elle s'essuie le front. Sans cesse, camions et voitures roulent à plein gaz. Des volutes de fumée bleue s'élèvent dans l'air. Tulani s'essuie de nouveau le front avec son bras. Un jeune homme vient s'asseoir à côté d'elle. Rapidement, Tulani se lève et descend la rue.

À mi-chemin du pâté de maisons, elle remarque une affiche sur une clôture.

FORMATION POUR LE MÉTIER DONT VOUS REVEZ. PRENEZ UN FORMULAIRE: FAITES UNE DEMANDE DÈS MAINTENANT.

Tulani lit de nouveau l'affiche rapidement pour s'assurer qu'elle a bien vu. Elle pousse la clôture et entre. De l'autre côté s'étend une grande cour pleine de gens. Des femmes tissent des paniers; des hommes sculptent le bois.

- Excusez-moi, demande Tulani à une femme qui tresse un panier, où est-ce que je dois aller pour une demande d'emploi?

La femme lui indique un endroit de l'autre côté de la cour, vers les kiosques surchargés de paniers et de sacs à mains tressés, de calebasses sculptées, de cannes et de petites statues. Tulani s'empresse d'y aller, ayant toujours en tête les mots *Faites une demande dès maintenant.* Elle regarde autour d'elle sans rien trouver.

- Excusez-moi, dit-elle à deux hommes qui discutent ensemble, où est-ce que je peux faire une demande d'emploi?

Un des hommes lui montre une petite table tout près.

- Combien en avez-vous inscrites pour le tressage, cette semaine? demande un homme blanc très blond à une jeune Africaine vêtue d'une jupe bleue et d'un chemisier blanc.

- J'essaie d'en avoir quelques-unes de plus.

- Bien. J'ai une réunion avec le conseil d'administration la semaine prochaine. Je vais leur demander s'ils peuvent augmenter l'allocation.

La jeune femme lui sourit et secoue légèrement la tête.

- Je n'ai pas beaucoup d'espoir. Il y a tellement de monde.

Le jeune homme remarque Tulani qui étudie la demande d'emploi qu'elle vient de remplir.

- Excusez-moi, dit-il à la superviseure avant de se diriger vers Tulani.

- Mademoiselle, je crois avoir quelque chose qui vous appartient.

Tulani surprise, émet un faible cri en reconnaissant le jeune homme du marché. Ce dernier la conduit à un kiosque, se penche par-dessus la table et en sort le morceau de tissu que Tulani avait essayé de lui vendre.

- Merci! répond Tulani ravie.

- Est-ce que je peux voir ta demande d'emploi? demande-t-il poliment.

Tulani hésite.

- Tu n'as rien à craindre, dit le jeune homme en riant. Je travaille ici.

Il prend la demande d'emploi et commence à la lire.

- Tulani... c'est un joli prénom. Je m'appelle Jan Dykstra... Pourquoi as-tu quitter ton village?

- Je veux aller à l'école et devenir institutrice. Personne ne m'y empêchera! déclare-t-elle avec fermeté.

- Bien! Ta mère t'a-t-elle enseigné à faire des sacs comme ceux-là? demande-t-il en lui montrant un des sacs du kiosque.

- Oui...

- On en vend partout dans le monde : Londres, Paris... Le travail que tu fais paie tes frais de scolarité. Tu étudies ici même. Peux-tu commencer lundi?

Tulani a peine à suivre une conversation aussi décousue. Ahurie, elle secoue la tête.

- J'accepte ta demande d'emploi! déclare le jeune homme en lui souriant chaleureusement et en riant avant de signer le formulaire d'emploi.

- Merci, dit Tulani ne pouvant croire ce qui lui arrive.

- As-tu mangé? Aimerais-tu manger quelque chose?
Tulani, ravie, appuie ses mains contre sa bouche. Son souffle lui chatouille les doigts.
- Je serais contente d'accepter.
- Bien. Bien.
Et tous deux s'éloignent, Tulani sautillant à côté de Jan.

★ ★ ★

Chinganza passe rapidement en revue la liasse de billets américains, les plie et les glisse dans sa poche de gauche. De sa poche droite, il sort une liasse de monnaie locale qu'il tend à l'homme blanc. Ce dernier s'empresse de faire disparaître l'argent dans la poche de son pantalon. Les deux hommes font demi-tour et s'éloignent chacun de leur côté.

L'homme blanc frôle Themba qui a surveillé la transaction de loin. Themba laisse Luke et rejoint Chinganza.

- C'est ça les transactions bancaires que tu fais? s'écrie-t-il en rejoignant son copain de classe.
- Allons, Themba! fait Chinganza voulant faire jouer son charme.
- Tu changes de l'argent? dit Themba avec humeur. Tu fais du marché noir?
- Ça me permet de rester en vie, mon frère de la campagne, réplique dédaigneusement Chinganza.
- Et qu'est-ce que tu trafiques, encore? De la drogue? Des filles comme Tulani?
- Hé, tout ce qu'ils veulent acheter, mon gars, je le vends!

Chinganza se tourne vers Themba et le regarde froidement en affichant un petit sourire narquois.

- De nos jours, un diplôme d'études supérieures, ça ne vaut rien ici, mon ami, lance-t-il avant de s'éloigner.

Luke rejoint Themba et pose son bras autour de ses épaules. Il est conscient de la déception de son ami. Les rêves sont vite effacés dans cette ville.

- Hé! fait-il en poussant Themba du coude et en lui montrant le petit café de l'autre côté de la rue.
- C'est le même homme qu'on a vu avec Tulani, marmonne

Themba.

Tulani et Jan sont attablés à une petite table du café et sirotent une boisson gazeuse.

- C'est une coopérative, explique Jan à Tulani. On ne te paie pas en argent; on échange ton travail contre des cours. La plupart de nos étudiants sont logés et nourris par des parents ou dans des familles où ils prennent soin des enfants.

Tulani aspire longuement sur sa paille.

- J'ai une amie, Agnès. Acceptez-vous les mères comme étudiantes?

- Bien...

Themba se glisse derrière Tulani et l'appelle. Il la saisit par les deux bras et la soulève de sa chaise. Tulani s'agrippe au morceau de tissu.

- Lâche-moi, Themba! Lâche-moi!

- Mais, attendez... laissez-la tranquille... fait Jan en se levant.

Luke le repousse sur sa chaise et l'y maintient.

- Tout va bien, monsieur. Tout est sous contrôle!

Lorsque Themba est à une distance respectacle, Luke court le rejoindre.

★ ★ ★

- Est-ce que c'est lui qui t'a donné ça? demande Themba en tirant sur les anneaux en or que Tulani porte.

- Themba! Ça suffit! le prévient Luke.

- J'ai honte de te ramener à la maison. Est-ce qu'il t'a donné ça? poursuit Themba en saisissant le morceau de tissu posé sur la table, devant Tulani.

- Themba! le réprimande sa tante. C'est moi qui le lui ai donné!

Puis elle se penche au-dessus de la table à dîner et caresse la main de Tulani.

- De toute façon, qui était cet homme?

- Jan Dykstra, répond Tulani les yeux pleins d'eau. Un bénévole à la coopérative de formation. Ils m'ont acceptée dans un programme de formation, tante. Et ces deux-là ont gâché ma seule chance, lance-t-elle avec colère.

- Oh, non! s'exclame Luke en se frappant le front avec la paume de sa main.

- Ça n'avait pas l'air de ça, répond froidement Themba.

- Tu juges tellement vite, ne peut s'empêcher de répliquer Tulani. Tu peux me traîner à la maison, mais je m'enfuirai de nouveau à la première occasion. Personne ne m'arrêtera!

- Elle veut juste faire ses propres choix, Themba, dit doucement Luke.

- Ce n'est pas notre façon de faire! explose Themba en le regardant.

Zodwa s'éclaircit la voix. Tous la regardent. Un silence plane dans la pièce.

- Tulani va rester ici, avec moi, annonce-t-elle calmement. Elle pourra m'aider à la maison après son travail à la coopérative. Je vais te donner une lettre pour ton père, Themba, ajoute-t-elle en le regardant sévèrement.

Plus personne ne parle. La pièce est lourde d'émotion. Tulani regarde Themba.

- Je te respecte, mon frère, mais je dois vivre ma vie!

14

UNE DÉCOUVERTE SANGLANTE

TENDAYI FREDONNE tout en pilant dans un grand mortier en bois le sorgho pour le repas. Elle s'arrête pour reprendre son souffle et se masse le ventre. Le bébé bouge. Elle sourit et regarde la route. Personne.

Tendayi reprend son travail. Le bébé donne des coups de pied. Elle grimace de douleur en soulevant le lourd pilon de bois. Elle peut voir Themba et Luke qui installent un nouveau toit de chaume sur la hutte. Leurs voix sont transportées par la brise.

- Il faut que je voie quelques lions!

- Non, non, fait Themba en secouant la main devant l'énorme tas de chaume que Luke lui tend. C'est trop... Je ne pense pas qu'il y ait des lions dans le parc.

- Pas de lions? s'exclame Luke sans y croire. Je ne peux pas rentrer à Sudbury et dire : Eh oui, j'ai passé quatre mois en Afrique, les gars, mais il n'y avait pas de lions.

Themba étend une petite quantité de chaume sur le toit.

- Lorsque tu rentreras chez toi, tu pourras aller au zoo. C'est là que tu verras des lions.

Themba éclate de rire. Luke comprend la blague et rit lui aussi.

Tendayi appuie le pilon de bois contre son épaule, se frotte les mains et regarde de nouveau la route. Un nuage de poussière tournoie derrière le camion. Tendayi transporte le pilon dans la hutte.

- Allô! s'écrie Karin Petersen en faisant un signe de la main tandis que le camion arrive près des huttes.

- *Makadii?* lance-t-elle à l'égard de Tendayi en se dirigeant vers le champ de légumes où plusieurs femmes du village travaillent.

- *Makadini!* claque la voix de Mme Petersen. *Go-go-goi! Makorokoto!* lance-t-elle à l'adresse des femmes en voyant que les légumes poussent bien.

Inga descend et se dirige vers Tendayi.

- You hou, Inga! appelle Luke en faisant le clown sur l'échelle.

Inga le prend en photo. Luke perd l'équilibre et se cogne contre Themba.

- Y a-t-il quelque chose? demande nerveusement Tendayi à Inga qui vient de la rejoindre dans la hutte.

- Oui. Je l'ai ici, répond Inga en fouillant dans son sac. Tout va bien.

Tendayi prend la lettre et l'ouvre avec des mains tremblantes. Le papier bruisse comme de grandes herbes dans la brise. Tendayi redonne la lettre à Inga.

- S'il te plaît, Inga dit-elle en lui indiquant d'un geste de bien vouloir la lire.

- Chère *mai,* commence Inga en souriant à Tendayi. *Mainini* Zodwa et moi te disons bien des choses...

Tendayi émet un soupir de satisfaction.

- On a appris que tu étais enceinte...

- Elle le sait! s'exclame Tendayi avec un signe de plaisir.

- Oui, je lui ai dit, avoue Inga avant de se remettre à lire.

- J'espère que tu es en bonne santé et je suis désolée de ne pas pouvoir t'aider...

- C'est très bien, Tulani, murmure Tendayi.

- ...Je suis aussi désolée pour la honte que j'ai causée à papa et à la famille. J'espère qu'il va bien et qu'il n'est plus fâché contre moi...

- *Hazvina mhaka!* fait Tendayi en secouant tristement la tête.

- ...je travaille à la coopérative; je tresse des paniers...

- Je le lui ai enseigné, dit fièrement Tendayi.

- ...comme tu me l'as enseigné...

Inga rit en lisant ces mots qui sont les paroles mêmes de Tendayi.

- ...et je suis des cours tous les jours...

- *Maiwe!* Elle va à l'école. C'est merveilleux!

- ...Ne t'inquiète pas à mon sujet, *mai.* Je vais bien et j'étudie. *Musare zvakanaka Tichaonana!* Tulani.

Les yeux de Tendayi sont pleins de larmes. Son coeur est tout entier rempli de pensées pour sa fille. Elle se penche, prend Inga dans ses bras et la serre bien fort.

- *Mai, mai!* On a fini.

Themba se tient sur le toit neuf et agite les bras.

Sa voix ramène Tendayi à la réalité.

- Alors, partez. La journée est à vous!

Sa voix résonne heureuse dans tout le village.

★ ★ ★

Luke chahute le long de la route en portant Inga sur son dos. Depuis que Nick est reparti en Nouvelle-Zélande, Inga a passé beaucoup plus de temps avec lui. Luke gonfle la poitrine et fonce sur Themba. Les trois jeunes rient tellement que Luke manque faire tomber Inga. Elle se laisse glisser par terre. Tous trois rient comme des fous en attendant de rencontrer le père de Luke.

Un coup de klaxon se fait entendre et la camionnette de Joe Novak prend la courbe et s'arrête. Joe fait signe aux trois jeunes.

- Qui est avec lui? demande Luke à Inga.

Les trois jeunes grimpent dans la voiture.

- Beth Walker, répond Joe en ayant entendu la question de son fils.

Luke rougit.

- Tu as rencontré M. Walker, l'administrateur de la mine. Eh bien, je te présente sa fille. Elle vient passer ses vacances ici. Et voici Hannah, une de ses amies d'école, d'Allemagne. OK, les gars, allons-y. Il va nous falloir au moins une heure pour arriver à la réserve d'animaux sauvages! Nous devons être rentrés avant la nuit.

La camionnette démarre, projetant tous les passagers les uns contre les autres. Un éclat de rire général se fait entendre.

★ ★ ★

La Jeep avance vers l'entrée principale. Le gardien sort. Il est vêtu d'une chemise, d'un pantalon kaki et d'une veste de chasse et porte un béret noir de côté. Joe lui tend les papiers d'immatriculation de la voiture. Le gardien les examine de près et note le numéro du permis de conduire.

- Amusez-vous bien. Restez sur les routes principales et ne descendez pas de voiture. Et soyez de retour avant la nuit.

Il leur fait un signe de la main. Tous lui répondent tandis

que la Jeep traverse la barrière.

La Jeep rebondit le long de la piste. Les jeunes regardent de tous côtés. C'est à qui découvrirait en premier des animaux.

- Regardez, s'écrie Themba. Là, dans ce groupe d'arbres.

Une famille de babouins est assise sur les branches. Une mère épouille ses petits. Un adulte s'élance de branche en branche à la poursuite de deux jeunes babouins. Un gros mâle est assis comme un roi et semble surveiller la région.

- Des babouins, articule lentement Beth pour que Hannah puisse comprendre.

Hanna s'empresse de feuilleter dans le dictionnaire qu'elle tient à la main pour trouver la traduction correcte de ce mot en allemand.

- Des girafes! lance Themba.

- Où? demande Luke en regardant un peu partout.

- Là, près de cet autre groupe d'arbres.

- Je ne les vois pas!

Les girafes arrêtent de brouter les branches tout en haut des arbres. Effrayées, elles prennent la fuite avec une démarche élégante, leur long cou ondulant d'avant en arrière tandis que leurs longues pattes grêles les transportent à l'autre bout de la plaine.

- Des girafes, articule de nouveau Beth pour que son amie comprenne.

Joe avance lentement sur la piste.

- Oh, regardez, les gars, lance-t-il en tournant les clés et en laissant rouler la voiture d'elle-même jusqu'à ce qu'elle s'immobilise.

À gauche, un troupeau de zèbres broute paisiblement de longues herbes.

- Il doit y en avoir plus de cent, s'écrie Luke.

Les animaux lèvent la tête et tendent leur cou en entendant sa voix. Puis, ayant satisfait leur curiosité, ils se remettent à brouter tranquillement.

- Savez-vous qu'il n'y a pas deux zèbres qui ont les mêmes rayures? demande Inga. Les rayures de chacun sont aussi unique que nos empreintes digitales.

- Oui, dit Beth. Un zèbre. Un zèbre.

Les pages du dictionnaire se tournent rapidement. Luke regarde Themba, lui fait un clin d'oeil et lui sourit. Themba émet un rire sourd.

- Et ça, qu'est-ce que c'est? demande Inga à Themba en voyant des animaux bondir à toute vitesse dans les grandes herbes.

- Des impalas. Regardez là! C'est pour ça qu'ils se sauvent! Deux lionnes les pourchassent. Les zèbres ne tardent pas à sentir le danger et s'enfuient dans toutes les directions.

- Pauvres animaux! dit tristement Beth.

- Oui, approuve Hannah. Des impalas, prononce-t-elle en feuilletant de nouveau son dictionnaire.

Joe redémarre la Jeep lorsque tous les animaux sont hors de vue. N'ayant rien vu depuis un moment et commençant à s'ennuyer, les jeunes décident de chanter chacun leur tour une chanson qu'ils avaient apprise lorsqu'ils étaient plus jeunes. Quand c'est au tour de Luke, celui-ci décide de leur apprendre une chanson scout.

- Feu, feu, joli feu, ta chaleur nous réjouit. Feu, feu, joli feu, monte dans la nuit.

Joe se joint à lui pour chanter.

La camionnette descend une colline, prend un tournant.

- Oh, les gars, regardez en avant! s'exclame Joe en interrompant Luke.

Juste devant, à environ dix mètres de la voiture, il y a une famille d'éléphants. La mère, ses deux petits et un gros mâle qui agite ses oreilles.

- M. Novak! M. Novak! s'écrie Themba. N'approchez pas!

- Pourquoi agite-t-il ses oreilles de la sorte, demande Luke. Il a l'air en colère!

- Il ne fait que se rafraîchir, l'informe Themba.

Le pied de Joe glisse accidentellement sur la pédale d'accélération. Le pneu avant gauche se prend dans une ornière. Joe essaie de faire marche arrière.

- Allez! Allez! murmure-t-il.

La voiture tangue d'avant en arrière.

L'éléphant barrit en entendant le bruit. Ses oreilles claquent.

La voiture se balance toujours d'avant en arrière. Soudain,

un nuage de vapeur sort du capot.

- Oh non! j'ai fait sauter une durite! s'exclame Joe en donnant un coup de poing et en heurtant accidentellement le klaxon.

BIIIIIP!

L'éléphant barrit de nouveau, claque ses oreilles et s'avance vers la voiture.

- Il se rafraîchit toujours? demande Luke avec un rire nerveux.

- Non, maintenant, il est en colère, répond Themba la gorge serrée.

- Restez immobiles, les jeunes, prévient Joe.

- Ils sont si puissants qu'ils peuvent soulever cette voiture, murmure Beth entre ses dents. Ils ont une vitesse surprenante. Ils peuvent rattraper un homme en quelques secondes.

- C'est pour ça que nous sommes assis ici, pas vrai? ajoute Luke.

Tout le monde reste immobile tandis que la mère et ses petits s'éloignent sur le sentier. Le mâle s'approche toujours et soulève sa trompe.

Un faible ronronnement se fait entendre de l'autre côté de la colline. L'éléphant lève la tête, fait demi-tour et s'enfuit à la suite de sa famille.

- Ouf! soupire Luke.

Un long camion bleu et blanc avec une plate-forme se dessine.

- Fungai, fais attention! Il y a quelque chose devant! crie une voix.

Une certaine panique se lit sur le visage du conducteur et du passager.

- Fais un détour. Fais un détour. FAIS UN DÉTOUR! crie le passager d'une voix hystérique.

Joe saute en bas de son siège. Luke le suit. Tous deux barrent la route au camion et lui font signe de s'arrêter. Le chauffeur n'a pas le choix. Il s'arrête.

- Bonjour, dit Joe. Nous sommes pris ici. Pouvez-vous nous donner un coup de main?

- Désolé, répond nerveusement le chauffeur en grattant sa barbe clairsemée. Nous n'avons pas d'outils.

- Vous pourriez peut-être nous ramener.

Les deux hommes du camion se regardent.

- Gidemas! appelle Themba en sautant en bas de la Jeep et en se dirigeant vers le côté du camion.

- Themba! s'exclame un jeune homme qui est accroupi dans un coin de la plate-forme.

- C'est un de mes amis d'un village voisin, explique Themba à Luke et à son père.

Un coup de klaxon se fait entendre et une land-rover dont la carrosserie est peinte comme un zèbre s'immobilise derrière les véhicules. Elle est remplie de touristes chargés d'appareils-photo et de jumelles. La land-rover s'arrête.

- Bonjour, crie Joe. Pouvez-vous nous aider?

- Vous avez eu un accident? demande le conducteur en repoussant son chapeau à larges bords.

- Oui, pouvez-vous nous faire monter?

- J'ai juste quatre places de libres. Mais je ne retourne pas immédiatement à l'entrée du parc.

- Voyons, on peut se tasser et monter deux de plus.

- Va avec les filles, papa, répond Luke. Themba et moi allons monter à l'arrière du camion avec son ami.

Themba et lui sautent sur la plate-forme.

- Venez, les filles!

Joe et les filles grimpent dans la land-rover.

- Vous verrez encore quelques animaux avant de rentrer.

Le guide touristique regarde le camion avec soupçon. Il descend de sa voiture et se dirige vers le conducteur.

- Je ne vous connais pas, dit-il. Que faites-vous dans le parc?

- On livre des tuyaux à la guérite du gardien.

Le guide va à l'arrière du camion et regarde à l'intérieur. Des bâches y sont étendues. Des contenants de plastique remplis d'essence sont installés par-dessus. Satisfait de ce qu'il voit, le guide retourne à sa land-rover.

- On se reverra à l'entrée principale, lance Joe à Themba et à Luke quand la voiture s'éloigne.

Fungai attend que la land-rover soit hors de vue pour redémarrer. Le camion grimpe difficilement la route. À l'arrière, les trois garçons s'agrippent aux côtés tandis que le véhicule franchit les ornières les unes après les autres.

- Tu n'as pas été à l'école cette année, Gidemas. Tu n'avais pas d'argent? demande Themba à son ami.
- Non, il n'y avait pas d'argent, répond Gidemas d'un ton brusque.
- Comment vont les cultures?
- Mal, fait Gidemas en détournant la tête.
- L'année a été sèche, poursuit Themba avec sympathie. On a perdu notre puits. Mon père a au moins un emploi. Est-ce que ton père travaille?

Le camion oscille pour éviter une ornière. Un contenant de plastique se renverse; un coin de la bâche se soulève découvrant une scie à métaux. Luke la ramasse. Il y a des traces de sang dessus. Il fait courir ses doigts le long de la lame. Elle est humide.

- C'est pour quoi faire? demande-t-il.

Gidemas jette un coup d'oeil à son père dans la cabine du camion. Ce dernier secoue la tête et pose un doigt contre ses lèvres.

★ ★ ★

La land-rover ralentit.
- Des rhinocéros, lance le conducteur aux touristes en montrant les hautes herbes. Un petit et sa mère.

Une série de réflexions et le bruit des déclencheurs d'appareils photo remplissent la camionnette.
- Helmut! s'exclame une Allemande rondouillette vêtue d'une robe à fleurs, en poussant son mari du coude parce que ce dernier regarde dans la direction opposée avec les jumelles. *Der! Der!*
- *Ja, Ja, liebling,* répond l'homme en regardant au bon endroit.
- *Bitte, mein Herr?* demande Hannah à l'homme pour lui emprunter les jumelles.
- Ils sont si près, dit lentement Hannah.

Beth acquiesce d'un signe de tête.
- Un bébé rhinocéros... regarde! et elle lui tend les jumelles.

Beth regarde avec attention. Elle dépose les jumelles et se

tourne vers le conducteur.

- Pardon, monsieur, est-ce que la mère va bien? Elle reste couchée, sans bouger.

Le garde forestier saisit les jumelles et prend une profonde inspiration.

- On ferait mieux de rentrer.

★ ★ ★

Le camion vibre comme si un autre trou creuse la route. Un mince filet de sang suinte des plis de la bâche.

Luke et Themba regardent le spectacle avec horreur. Gidemas reste assis, pétrifié. Luke tend la main vers la bâche et essaie de la repousser. En dessous, il voit un linge couvert de sang. Il soulève le linge. Une corne... avec une série de veines et de chair tailladée qui pendent à l'extrémité arrondie. Luke prend la corne. Du sang goutte sur sa chemise et sur ses jeans. Vite, il la rejette avec répulsion.

15

ABANDONNÉS DANS LE PARC

JOE ET LES FILLES REGARDENT le garde forestier qui fait les cent pas dans son bureau. Il est furieux.

- Une mère rhinocéros a été tuée et on a volé sa corne! lance-t-il en frappant de son poing la paume de sa main.

Cette réflexion soulève un murmure de dégoût de la part de Joe et des filles.

- Nous avons affaire à des braconniers. Je vais organiser une battue pour les piéger. Le Dr Jackson organisera une battue pour capturer le bébé rhinocéros.

Le Dr Betty Jackson, la jeune vétérinaire africaine de la réserve, secoue tristement la tête. Depuis cinq ans qu'elle travaille à la réserve les braconniers sont devenus une menace sérieuse pour les animaux sauvages.

Beth et Hannah se précipitent vers la vétérinaire.

- Nous aimerions vous aider à prendre soin du petit rhinocéros, lui dit Beth.

- Oui, c'est possible? ajoute Inga.

- Bien entendu. Vous êtes très gentilles.

Joe regarde sa montre. Il se tourne vers Moses, le chauffeur de la land-rover.

- Où sont Luke et Themba? Ce camion ne devrait-il pas être arrivé? Il fera bientôt nuit!

★　★　★

Fungai serre davantage le noeud autour des poignets de Themba et donne un petit coup sur la corde pour s'assurer qu'il ne risque pas de se défaire. Namo fait de même avec Luke. Les deux garçons se jettent un coup d'oeil. Gidemas se recroqueville dans un coin. Les hommes sautent de la plate-forme et se dirigent vers la cabine du camion.

- Fungai! crie le père de Gidemas. Mon fils et moi, nous ne sommes pas des kidnappeurs.

- Namo, il y a un homme qui nous attend au Majestic Hotel avec mille dollars américains en poche.

- Alors, nous libérerons les garçons en ville?

- Non! Ils connaissent ton fils.

Fungai jette un regard de défi à Namo avant de sauter dans

la cabine du camion. Namo saute à ses côtés. Le moteur gronde. Themba et Gidemas se parlent en shona.

- Qu'est-ce que tu dis, Themba?

- Penses-tu que toi et ton père vous allez vous en tirer comme ça? jette Themba à Gidemas avant de s'adresser à Luke.

- Je lui ai dit que les gardes forestiers tirent à vue sur les contrebandiers.

- On n'a plus qu'à sortir de la réserve, se lamente Gidemas.

- Themba, murmure Luke, qu'est-ce qu'ils vont faire de nous?

★   ★   ★

Le gardien ouvre la porte d'une armoire et ramasse plusieurs fusils qu'il distribue à ses assistants.

- Vous avez suffisamment de fusils ici pour faire la guerre! lui fait remarquer Joe.

- Mais c'est la guerre, M. Novak! s'exclame le gardien tandis qu'il s'éloigne dans la réserve avec ses hommes.

- Mon fils et son ami sont là-bas. Je ne veux pas qu'ils soient pris au milieu de tout cela.

Le gardien fait volte-face.

- Notre premier travail est d'assurer leur sécurité.

- D'accord, d'accord. Mais je viens avec vous.

Le gardien fait un signe de tête.

- Si vous restez en dehors de notre chemin.

Puis il crie à ses hommes de grimper dans les voitures.

- Nous prendrons la route principale jusqu'à la porte de l'autre côté de la réserve. Avec un peu de chance, ils nous tomberont dans les bras.

★   ★   ★

Beth et Hannah tirent le filet jusqu'au petit camion. Dr Jackson et Inga ouvrent le hayon arrière et le laissent retomber vers le bas. Les filles jettent le filet à l'intérieur.

- Il ne reste que neuf rhinocéros dans ce troupeau, maintenant, explique le Dr Jackson en secouant la tête. L'an dernier, nous avons perdu une mère et deux petits.

- Pourquoi ne pouvons-nous pas partir maintenant? demande Beth. Ce pauvre petit animal ne peut pas rester seul dans la jungle toute la nuit.

- Le soleil va bientôt se coucher, explique Dr Jackson. Nous ne pouvons pas le capturer lorsqu'il fait noir.

- Alors on va rester ici à se faire du mauvais sang.

- Oh, non! Il y a plein de choses que vous pouvez faire, s'exclame-t-elle en tendant aux jeunes filles des seaux remplis de nourriture.

Elle les conduit ensuite à un enclos où deux bébés éléphants les attendent.

Dr Jackson ouvre la clôture et tout le monde entre dans l'enclos. Beth et Hannah renversent les boulettes de nourriture au sol. Les bébés éléphants enfouissent la nourriture dans leur gueule avec leur trompe.

★ ★ ★

- C'est par là qu'ils sont entrés! confirme le gardien en tenant la chaîne entaillée dans sa main. Il ouvre la clôture, remonte dans le véhicule et le conduit vers un massif d'arbres et de buissons.

- Pourquoi nous arrêtons-nous ici?

- Il y a une douzaine de pistes par ici, M. Novak, répond-il en descendant de la cabine. Il n'y a qu'une seule façon de nous en sortir. Attendre ici.

★ ★ ★

- Mon père va lancer tous les guides forestiers à notre recherche, lance Luke à Gidemas. Toute la réserve sera cernée. Ils bloqueront la route qui mène à la ville.

- Lorsqu'ils attraperont ton père, ils le tueront! ajoute Themba entre ses dents.

Le camion s'arrête. Les portières claquent. Les garçons entendent Fungai et Namo se disputer furieusement. Fungai se dirige à l'arrière du camion, grimpe à l'intérieur et agrippe Themba par la chemise.

- Toi! lui crie-t-il en le tirant sur le côté.

- Laissez-le tranquille! Levez un seul doigt sur lui et vous le paierez, je le jure, s'écrie Luke. Je jure que je vous aurai tous les deux. Vous deux...

- *Aiwa!* lance Gidemas en sautant sur Luke comme un animal qui charge. Tais-toi! s'exclame-t-il en le poussant sur le plancher au fond du camion.

Fungai pousse rudement Themba contre un arbre.

- Jure-nous que tu ne diras rien.

- Ils ont vu votre camion. Ils le sauront.

- Écoute-moi, petit gars, grogne Fungai. Tu t'amuses avec des Blancs tandis que mon village crève de faim!

- Avec cette seule corne, nous pourrons manger toute une année, implore Namo.

- Mon village aussi est affamé, réplique Themba.

Fungai tourne son poing pour que la chemise de Themba lui serre le cou comme un noeud coulant.

- Je vais te faire une promesse : ouvre la bouche et vous mourrez, toi et ton ami blanc!

- Gidemas! crie Fungai. Fais descendre l'autre.

Fungai traîne Themba derrière lui en marchant vers le camion.

- Qu'est-ce que vous allez faire? demande Gidemas de l'arrière du camion.

- Les laisser ici.

- Les mains libres? demande Themba.

- Non! lance Fungai en le regardant tandis qu'il le pousse sur la route.

- Non, vous ne pouvez pas, s'indigne Gidemas. Père, ils vont mourir!

Fungai bondit vers Gidemas. Namo fait un mouvement brusque vers Fungai.

- Ne touche pas à mon fils.

- Retourne dans le camion, Namo. Laisse-moi régler ça!

Fungai agrippe Luke et le pousse vers Themba.

- C'est un meurtre. Les ancêtres vous puniront! crie Themba.

Le moteur gronde.

- Non, père! Non! Non! On ne peut pas les abandonner!

Luke et Themba entendent les gémissements de Gidemas pendant que le camion s'éloigne.

- Vous ne vous en tirerez jamais, s'égosille Luke.
- Ils vous tueront! ajoute Themba.

Le camion laisse une trace de poussière en prenant de la vitesse et en se balançant d'un côté et de l'autre.

- Non! Non!

Les poings de Gidemas martèlent le toit de la cabine. Le son retentit dans toute la réserve. Il saisit la corne et la jette sur la route.

Luke se précipite pour la ramasser.

- Luke, il faut défaire nos liens, d'abord.

Themba court vers lui et se met dos à dos contre son ami.

- Themba, laisse-moi placer mes doigts...
- Tourne-toi de ce côté Luke, lève tes poignets... là. Non!
- Themba, aie! Non. Place tes doigts autour, essaie de tâter le noeud.

★ ★ ★

Un grognement sourd remplit la nuit.

- Qu'est-ce que c'est, Themba?
- Quoi?
- Ce grognement sourd.
- Le vent dans les herbes.
- Ah!

Ils poursuivent leur route, mais se serrent davantage l'un contre l'autre. Ils forcent leurs yeux pour mieux voir, mais la noirceur est aussi profonde que l'eau quand on remue la vase. Les pieds de Luke butent contre quelque chose. Il saute, puis se penche pour sentir sa forme.

- C'est là! s'écrie-t-il en soulevant le poids humide et en déballant. Ils peuvent suivre le contour de la corne. L'odeur du sang et de la chair leur brûle les narines.

- Beurk!... ils l'ont coupée au niveau de la tête!

Un nouveau son se répercute dans la nuit.

- Qu'est-ce que c'est?
- Des babouins, répond Themba en mettant ses mains sur

sa bouche en forme de coupe et en imitant les sons.

- Qu'est-ce que tu fais?
- Je leur parle.
- Qu'est-ce que tu leur dis?
- Comment pourrais-je le savoir? Je ne suis pas un babouin.

Luke ne sait pas si son ami blague ou non.

Themba éclate de rire.

- Écoute! fait Themba en s'immobilisant soudain.
- Quoi? demande Luke en tendant l'oreille. Qu'est-ce que c'est?
- Des bêtes, répond Themba la gorge serrée en courant dans les hautes herbes vers un massif d'arbres. Luke le suit à toute vitesse. Ils se tapissent au creux des branches.
- Des bêtes! Que veulent-elles?
- Trouver quelque chose à manger.
- Comme quoi?
- Un Canadien!
- Ce n'est pas drôle.

Luke scrute la noirceur. Il y a plein de sons étranges.

- Je ne trouve pas ça très drôle!

★ ★ ★

Fungai serre le volant bien fort.

- Nous devons approcher de la barrière.

Il avait éteint les phares depuis plusieurs kilomètres.

- Nous allons mettre la corne sous le siège.

Il arrête le camion et va à l'arrière. Il soulève la bâche. Rien. Gidemas est accroupi dans un coin. Fungai cherche frénétiquement. Toujours rien.

- Où est-elle? demande-t-il en avançant vers Gidemas. OÙ EST-ELLE?
- Je l'ai jetée, lance Gidemas en montrant la route d'une main tremblante. Comme ça, ils ne nous tueront pas.
- ARGHHHH! crie Fungai furieux.

Son poing traverse l'air et s'abat contre la carrosserie du camion. Le bruit se répercute dans la nuit. Il retourne dans la cabine, tourne la clé, allume les phares, appuie jusqu'au fond sur la pédale d'embrayage, puis sur l'accélérateur, fait faire un demi-tour au camion et roule à toute vitesse sur la route.

★ ★ ★

- C'est un des petits que nous avons rescapés, explique la vétérinaire aux jeunes filles en nourrissant un bébé lion au biberon.

Tandis que le Dr Jackson, Beth et Hannah discutent, Inga, un peu à l'écart, demeure silencieuse. Soudain, elle se lève et s'éloigne, l'air soucieux.

- Elle va bien? demande la vétérinaire.

- Je pense qu'elle s'inquiète au sujet des garçons, répond Beth.

16

LA POURSUITE

JOE SE FROTTE LA BARBE. Presque minuit et toujours aucun signe des garçons.

- On aurait dû aller à leur recherche!

- M. Novak, siffle le gardien avec impatience, nous ne pouvons pas les trouver dans le noir!

- Alors, prenons des lumières!

- Ils vont nous voir!

- Écoutez, dit Joe en le regardant dans les yeux. Je ne peux plus attendre. Je ne laisserai pas ces deux jeunes dans la jungle toute la nuit. Ou vous m'accompagnez, ou j'y vais tout seul.

- Très bien, très bien, M. Novak! Nous allons y aller très lentement... sans lumières.

★   ★   ★

L'écorce rugueuse des arbres blesse le dos de Luke. Il change de position. Themba est immobile, les yeux fermés. Un bruit perce les ténèbres.

- Themba. Themba? Tu dors? Themba, réveille-toi!

- Hein, marmonne Themba en entrouvrant les yeux.

- Je t'ai réveillé? J'en suis désolé. Tu crois qu'ils vont revenir?

- Qui? Oh, les braconniers? Oui.

Ses yeux se ferment de nouveau.

- Themba, insiste Luke.

- Qu'est-ce qu'il y a? lui répond Themba sans ouvrir les yeux.

Luke ne répond rien.

- Qu'est-ce qu'il y a? répète Themba nerveusement.

- Euh, fait Luke avec hésitation en s'essuyant les lèvres du revers de sa main. Pour ta soeur...

Luke regarde au loin.

- Je... je n'ai même pas embrassé ta soeur, Themba. Je... je l'aime beaucoup, c'est tout.

Themba demeure aussi immobile qu'une statue.

- J'ai embrassé Roselon, avoue-t-il soudain.

- Hé, c'est fantastique!

- Ce n'était pas si fantastique, répond Themba en ouvrant les yeux bien grands. Son père était là.

Luke éclate de rire. Il rit tellement qu'il en perd presque

l'équilibre. Themba agrippe Luke par sa chemise et le cale solidement dans le creux de l'arbre pendant que Luke se raccroche avec ses mains.

- C'est merveilleux, Themba. Tu l'as finalement embrassée.

- Son père m'a donné une de ces tapes sur la tête, fait Themba en levant la main et en se frottant la tête d'un geste moqueur. Leurs rires éclatent dans la nuit.

★ ★ ★

- Luke! Luke! dit Themba en secouant son ami. Viens! Il faut partir avant l'arrivée des braconniers.

Themba descend de l'arbre, enveloppant de nouveau la corne dans le linge.

Luke frissonne dans la fraîcheur de l'aube et saute aux côtés de Themba. Themba pose sa main sur le bras de Luke.

- Écoute!

La brise froisse les hautes herbes. Themba penche la tête d'un côté.

- Le camion!

- Je n'entends rien.

Themba place son doigt sur ses lèvres pour faire comprendre à Luke de demeurer immobile. Les herbes ne bougent plus. Luke entend un faible grondement au loin.

- Viens!

Themba bondit à travers les hautes herbes comme un impala qui s'enfuit. Luke suit son ami.

Le bruit du moteur se rapproche. Ils peuvent maintenant entendre les roues qui mordent dans la route. Puis plus rien. Fungai crie quelque chose à Gidemas qui est assis en avant, coincé entre lui et son père. Gidemas prend des jumelles sous le tableau de bord et les tend à Fungai. Il scrute l'herbe. Lorsqu'il aperçoit les deux garçons qui s'enfuient dans les herbes, il passe les vitesses et appuie sur l'accélérateur.

- Par là, Luke, souffle Themba en indiquant un amoncellement d'énormes roches pas très loin.

Le camion s'arrête tout près.

- Restez ici! ordonne Fungai au père et à son fils en sortant de la cabine et en courant à toute vitesse dans les herbes vers les pierres.

La surface rugueuse des pierres racle les mains et les bras des deux jeunes garçons qui s'enfuient pour leur sécurité. Luke perd pied et commence à glisser. Themba le rattrape et l'aide à monter. Ils peuvent entendre Fungai souffler et haleter derrière eux.

- Themba, là! s'écrie Luke en montrant une crevasse entre deux rochers. Les garçons s'y entassent et retiennent leur respiration. Ils peuvent entendre les pas de Fungai qui résonnent sur les pierres. Le bruit de pas cesse. Themba et Luke l'entendent marmonner en respirant bruyamment.

Luke sent sa gorge piquer. Il porte sa main à sa bouche et essaie de retenir sa respiration pour éviter de tousser.

Fungai tourne dans toutes les directions, puis part vers la gauche.

- Allons-y!

Luke peut tousser. Themba et lui courent vers la droite, descendent l'amoncellement de rochers et se retrouvent dans l'herbe près de la route.

- Zut! s'exclame Fungai en claquant la portière du camion derrière lui. Il saisit les jumelles et scrute les environs. Soudain, il les aperçoit et s'élance à leur poursuite en camion.

- Themba! Themba, demande Luke. Y a-t-il des serpents dans les herbes?

- Oui. Des gros!

Luke lève les jambes bien haut, en bondissant dans l'herbe qui lui arrive à la taille.

Le camion prend une courbe sur deux roues. Fungai continue d'appuyer à fond sur l'accélérateur.

Themba agrippe Luke par la chemise et l'oblige à se coucher dans l'herbe.

- On devrait continuer!

- Ne bouge pas! le prévient Themba.

Les deux garçons se tapissent sur le sol. Le camion s'éloigne.

- Fiou! fait Luke en expirant.

- Chuuuut!

Juste à ce moment, le ronronnement d'un deuxième véhicule se fait entendre, ses pneus crissant à la poursuite du camion.

Luke se lève et aperçoit la land-rover. Il agite les bras dans les airs.

- Hé papa! Papa!

Themba saisit Luke par la taille de son pantalon.

- Baisse-toi!

Luke se laisse tomber près de lui.

- C'est mon père! C'est mon père!

Joe regarde à travers le pare-brise de la land-rover.

- Pouvez-vous voir mon fils? crie-t-il au gardien. Y a-t-il deux garçons à l'arrière?

- Ils sont trois en avant!

- Ils devraient être deux en arrière! fait Joe en s'efforçant de voir.

La land-rover tressaute. Joe ne peut rien voir.

- Coupez-leur la route! ordonne-t-il exaspéré.

Gidemas regarde par-dessus son épaule. La land-rover gagne du terrain.

- Arrêtez le camion! crie-t-il très nerveux. Arrêtez-le! Ils vont nous tuer! Ils vont nous tuer!

Ses doigts se referment sur le bras de Fungai.

- Non!

- Fungai! Arrête le camion, crie Namo.

- Non!

La land-rover fonce droit sur eux. Namo baisse la tête de son fils pour le protéger.

- Allez! Coupez-leur la route! crie Joe au gardien.

La land-rover glisse à côté du camion. Le gardien resserre son étreinte sur le volant et tourne à droite. La land-rover coupe le camion. Fungai donne un coup de volant pour éviter l'accident. Le camion file dans les herbes, hors de contrôle. Il heurte une bosse, s'élève dans les airs, rebondit au bord du ruisseau et s'écrase dans l'eau boueuse.

Le gardien de la réserve et ses adjoints sortent en pointant leurs fusils.

Gidemas et son père sautent hors du camion.

- Ne tirez pas! Ne tirez pas! crient-ils les mains en l'air.

- Papa! Papa! s'écrie Luke en se précipitant vers son père.

- Luke!

Joe se retourne et serre son fils dans ses bras. Il tend la main et donne une petite tape à Themba.

- Tu vas bien?

- Papa, regarde... dit Luke en tendant la corne. Ils l'ont jetée. Ils l'ont tout simplement jetée.

Le gardien de la réserve et ses hommes emmènent Fungai, Namo et Gidemas. Les yeux de Gidemas sont remplis d'effroi, ses poignets menottés à ceux de son père.

★ ★ ★

Le camion du Dr Jackson rebondit sur la piste. À côté d'elle, les trois jeunes filles sont entassées sur le siège de vinyl tout craquelé. Le soleil de l'après-midi leur brûle la peau. La poussière passe par les fenêtres et se dépose en fine pluie sur leurs vêtements. La sueur dégouline sur leur visage et dans leur dos.

- Je suis tellement contente que nous l'ayons trouvé, dit Beth en rabaissant son chapeau pour protéger ses yeux des rayons du soleil.

- Oui, fait Hannah en regardant par-dessus son épaule le bébé rhinocéros.

Le Dr Jackson jette un coup d'oeil à Inga, qui reste assise en silence auprès d'elle.

- Vous m'avez vraiment beaucoup aidée, les filles. Je n'aurais jamais réussi toute seule. Aucune d'entre vous n'a jamais pensé à devenir vétérinaire? Ce n'est pas toujours aussi énervant qu'aujourd'hui! Mais, quand même, c'est quelquefois très excitant... Ce n'est pas souvent facile d'attraper un animal, mais nous avons réussi et, maintenant, il est sain et sauf.

- Je me demande comment vont les garçons, soupire Inga en regardant ses doigts qui n'arrêtent pas de tambouriner.

- Les gardiens connaissent très bien la réserve. Je suis certaine que tout va bien, Inga, dit le Dr Jackson en touchant le bras d'Inga pour la rassurer.

- Mais tous ces fusils?

- Oui. Nous saurons bientôt pourquoi, affirme-t-elle en faisant un signe devant elle.

Les filles peuvent apercevoir le bureau du gardien pas très loin.

Le camion se gare près des huttes.

- Tout d'abord, allons installer le bébé rhinocéros dans l'enclos que nous lui avons préparé hier soir. Ensuite, on essaiera de savoir ce qui est arrivé aux garçons.

- Oui... bien sûr... d'accord, s'empressent de dire les filles.

Toutes les trois descendent de la cabine et tapent sur leurs vêtements pour en secouer la poussière. Le Dr Jackson fait reculer le camion dans l'enclos.

- Beth et Hannah, retirez la planche de bois du fermoir, dit-t-elle en sautant en bas de son véhicule.

- Inga, prends ces planches et prépare-toi à les appuyer comme une rampe contre la plate-forme du camion.

Le Dr Jackson ouvre le hayon du camion. Inga place les planches. Le Dr Jackson pousse le bébé rhinocéros avec une badine. Il se précipite sur les planches et descend dans l'enclos.

- Vite, les filles, poussez la barre en bois de travers et passez-la dans la boucle.

- Il est fantastique! soupire Beth en s'appuyant contre la barre fermée et en regardant le bébé rhinocéros trotter autour de l'enclos. Content d'être dans un endroit sûr, le bébé rhinocéros commence à grignoter avec contentement un tas de paille dans un coin de son enclos.

Une land-rover arrive dans la cour. Luke et Themba sautent de l'arrière. Joe et le gardien ouvrent les portières et sortent.

- Luke! s'écrie Inga soulagée de le voir. Themba! Vous allez bien?

Elle court au devant d'eux, suivie de Beth et de Hannah.

- Qu'est-il arrivé? Avez-vous attrapé les braconniers?

Inga aimerait se jeter au cou de Luke, mais elle ne fait que lui frôler la main.

- Oui, oui, disent Luke et Themba en riant.

- Tout va bien, dit-il pour la rassurer. On les a attrapés. Ils sont en prison maintenant.

- Venez voir ce qu'on a fait, dit Beth aux deux garçons. Le groupe de jeunes se dirige vers l'enclos, tandis que Joe et le gardien vont dans le bureau.

Inga regarde Luke qui se tient près de l'enclos. «Il est sain et sauf», pense-t-elle avec soulagement. Themba est sain et sauf, et le rhinocéros aussi!

17

LE DILEMME DE THEMBA

THEMBA RANGE SES LIVRES D'ÉCOLE dans son sac et sort à la rencontre de Luke et d'Inga qui l'attendent sur le bord de la route.

- Themba, appelle M. Matiba de la porte de son bureau. Tu as fait une excellente rédaction... une des meilleures que j'ai jamais lue. J'ai demandé le prochain programme de cours... et voici ton nouveau livre...

Themba trace une ligne dans la terre avec le bout de son soulier.

- Tu es inquiet au sujet de l'argent?

Themba acquiesce d'un signe de tête.

M. Matiba sourit.

- Hier, dit-il, je suis allé à la mine et j'ai rencontré ton père.

- Oh!, fait Themba. Je ne savais pas.

- Il pense qu'avec ses économies et l'argent que gagne ta mère avec son jardin, ils auront l'argent nécessaire pour tes études.

Un sourire illumine le visage de Themba.

- Merci, M. Matiba.

Le professeur pose sa main sur l'épaule de Themba.

- Va vite. Tu retardes mes vacances!

★ ★ ★

À la mine, une série de sifflements rapprochés se font entendre. Les hommes arrêtent leur travail quand M. Novak, M. Walker et M. Lungani grimpent à l'arrière d'un camion. Un murmure se répand parmi les mineurs, les chargeurs et les camionneurs qui se regroupent. Le sifflet s'arrête. Le silence se fait.

Joe secoue une feuille de papier au-dessus de sa tête.

- C'est un télex que nous venons juste de recevoir des bureaux de la direction, à New York.

La main de Joe qui tient le télex tremble. Il s'éclaircit la voix et commence à lire.

- Nous vous demandons d'arrêter toutes les activités de la mine no 12 d'Afrique de l'Est. Les lieux doivent être évacués et fermés dans les vingt-quatre heures qui suivent!

La colère soulève la foule au fur et à mesure que le message se répète. Joe abaisse la feuille de papier et regarde les hommes.

- Vous avez fait tout ce que vous pouviez pour continuer de faire fonctionner cette mine. Je suis désolé. Je suis vraiment désolé.

Il froisse le télex avec colère.

- M. Lungani préparera votre dernière paie et votre indemnité de licenciement, d'ici la fin de votre quart. Merci.

Joe voit des expressions d'incrédulité, de douleur ou de résignation se peindre sur le visage des hommes. Ses yeux se rivent au visage de pierre de Simba, à ses mains lorsqu'il retire son casque, à l'effondrement de ses épaules lorsqu'il s'éloigne.

★ ★ ★

Tendayi respire difficilement lorsqu'elle sarcle les plants de tomates. Les branches ploient sous le poids des fruits juteux, bien mûrs. Elle fixe les branches aux piquets, enlève des feuilles pour que le soleil réchauffe et fasse mûrir les fruits. Elle ressent une douleur au bas du dos. Le bébé donne des coups de pied dans son ventre. Elle prend une profonde respiration et regarde vers les huttes.

Themba joue au ballon avec Tiyani et Murhiko. *Sekuru* tient Enok sur ses genoux et répare le camion de fer que Luke avait ramené de la ville aux garçons. Tendayi voit son mari marcher lentement le long de la route qui mène au village, les yeux baissés. «*Baba* serait-il malade? se demande-t-elle. Pourquoi revient-il si tôt à la maison, ce n'est pas la fin de semaine». En s'appuyant sur la binette, Tendayi va à la rencontre de son mari.

- *Baba*, lui demande-t-elle, pourquoi n'es-tu pas au travail?

Themba et les trois garçons entendent la question que Tendayi a posée à leur père et s'arrêtent de jouer. Ils accourent à ses côtés.

De son chapeau, Simba secoue la poussière sur ses vêtements.

- La mine est fermée, annonce-t-il. Je n'ai plus de travail.

Il essuie son front avec la manche de sa chemise, marche jusqu'à l'acacia et s'assoit près de son père.

Tendayi prend appui sur la binette et enfonce sa tête dans le creux de son bras. Themba lui entoure les épaules de son bras pour l'encourager. Il regarde la vallée, les yeux remplis d'aigreur.

Simba et le vieil homme restent assis à l'ombre sans rien dire. La brise des branches rafraîchit leur front et leurs bras. Themba s'approche, s'assoit sur un tabouret, ses mains posées sur les genoux, la tête basse.

— À quoi ça sert d'aller au collège? dit-il en levant la tête vers son père. Chinganza a un diplôme en économie. Il doit voler pour vivre. Tu étais contremaître à la mine. Ils ont pris tout le cuivre qu'ils ont voulu et t'ont remercié!

— Themba, lui fait remarquer son père, j'ai eu un bon salaire pendant plusieurs années.

— J'ai étudié toute une session avec M. Matiba. J'ai pris de l'argent à ma famille pour des livres et... Tout ça pour rien, soupire-t-il en laissant retomber de nouveau sa tête.

Simba et son père se regardent et, ne sachant quoi dire, fixent l'horizon.

★ ★ ★

— C'est arrivé! C'est arrivé!

La voix de Murhiko et le bruit des mains qui applaudissent se répercutent dans tout le village. Avec des leviers, un groupe d'hommes ouvrent la longue caisse étroite. Les clous crissent lorsqu'ils sortent du bois. Des mains déplient le papier et soulèvent les pièces du long tuyau de plastique.

Themba aide son père à transporter les morceaux jusqu'à la pompe. Ils les déposent sur le sol. Simba lit les instructions.

Themba pense à sa mère. L'eau sera maintenant à la portée de sa famille et des légumes. Il regarde le jardin où elle discute avec un acheteur de légumes, un gros homme qui porte une chemise blanche jaunie par le temps. Sa mère secoue la tête inflexiblement. L'homme repousse son chapeau de paille sur sa tête.

- *Munodei?* demande-t-il.
- Vingt, répond sa mère.

L'acheteur de légumes fait claquer sa langue dans sa bouche.

- Vingt? Vingt! Non, dix. Seulement dix!

Themba laisse son père et va vers le jardin.

- Voleur! marmonne Themba.
- Ils sont faibles! Ils sont tous très faibles! fait remarquer l'acheteur de légumes en secouant rudement les plants de tomates tout en examinant les fruits. Je peux seulement vous offrir dix pour le tout.

Tendayi se croise les bras et sourit à l'homme.

- Je crois que vous devriez mieux les regarder, dit-elle. De bons légumes méritent d'être bien payés.

L'homme secoue la tête, son visage gras tout ridé.

- Pas de nos jours. Personne ne travaille, ajoute-t-il en sachant que Simba avait perdu son emploi. Personne n'a d'argent pour payer un bon prix. Mais, vois-tu, ajoute-t-il en frottant ses paumes moites l'une contre l'autre, je peux t'offrir jusqu'à dix.

Furieux, Themba pénètre dans le jardin.

- Dix! Et qu'est-ce qu'on peut acheter avec ça?
- Ce n'est pas mon problème, mon garçon, répond l'acheteur à Themba.
- Ce n'est pas assez, dit fermement Tendayi.
- Eh bien, c'est mon offre. Peut-être que tu changeras d'idée quand tu auras une autre bouche à nourrir, ajoute-t-il en lorgnant le ventre arrondi de Tendayi. Et le prix aura peut-être descendu encore...
- Vous! Faites attention à ce que vous dites à ma mère! lance Themba en saisissant une binette tout près et en menaçant l'acheteur. Ma mère préférerait voir ses légumes pourrir dans ses champs que de les vendre à un voleur de votre espèce, crache-t-il en soulevant la binette au-dessus de sa tête. Partez d'ici! Allez voler quelqu'un d'autre!
- Themba!

La voix de son père résonne dans le village comme un coup de tonnerre. Tous arrêtent leur occupation et retiennent leur souffle. Themba dépose la binette et va vers son père.

- Trouvez quelqu'un d'autre pour apporter vos légumes au marché, annonce fermement l'acheteur à Tendayi. Je ne suis pas venu ici pour me faire insulter.

Il s'en va, furieux.

Tendayi le menace du poing.

- Dix dollars, ce n'est pas assez!

Simba se tient à une certaine distance de la pompe, le dos aux villageois. Themba marche doucement, avec hésitation, aux côtés de son père. Les veines des bras de son pères sont gonflées.

- Themba, dit-il d'une voix qu'il s'oblige à garder calme, es-tu un enfant? Ta mère a fait pousser ces légumes. C'est à elle de les vendre. Garde ton nez en dehors de ce qui ne te regarde pas.

Les villageois détournent leur regard avec gêne. Simba s'accroupit près de la pompe et se remet au travail. Themba ne bouge pas, soudé au sol. Que peut-il faire? La mine. Les légumes. Ses poings se serrent, puis se détendent plusieurs fois. Il s'éloigne dans le champ, la tête basse. Le regard des gens lui brûle le dos.

Luke arrive en moto. Il se soulève du siège pour voir où est Themba. Il l'aperçoit au milieu du champ.

- Themba! Hé, Themba!

Themba accélère le pas.

Luke arrête sa moto, fixe rapidement la béquille et court après son ami.

- Themba! Hé, Themba, attends-moi!

Themba commence à courir un peu. Luke le rattrape.

- Themba! Qu'est-ce qui se passe?

Luke lui saisit le bras et l'oblige à se retourner.

- Hé, Hé!

Themba se débat pour se dégager.

- Hé, Themba, parle-moi.,.. insiste Luke.

- Qu'est-ce que tu veux? demande-t-il.

- Je veux savoir ce qui ne va pas. Je peux peut-être t'aider...

- Comment? Tu rentres bientôt chez toi, au Canada... avec ta télévision et ta chaîne stéréo. Je reste ici.

- Themba, qu'est-ce qui te prend?

- Ton père vient juste de mettre mon père à pied!

- Hé, arrête! La compagnie a fermé la mine. Mon père a perdu son emploi, lui aussi.

- Ton père peut trouver un autre travail. Le mien, non. Tu sais ce que ça veut dire... je ne peux pas aller à l'école!

Themba est furieux.

- Themba, dit Luke en essayant d'avoir une idée géniale, tu peux peut-être retourner à l'école... ça coûte quoi... Cinquante dollars par session? Je te donnerai l'argent, dit Luke en faisant claquer ses doigts.

Themba se raidit en entendant cela.

- Garde ton argent, je n'en ai pas besoin!

Il se retourne et s'éloigne de quelques pas.

- Je n'ai pas besoin de ton aide, crie-t-il à Luke par-dessus son épaule. Reste loin de moi.

Les hautes herbes s'aplatissent sous les pas des garçons qui se fraient un passage chacun de leur côté.

18

LA SOLUTION

JOE SIROTE SON CAFÉ. Il a accumulé tant de choses pendant cette année qu'il a passé en Afrique : des gourdes, des paniers tressés, des morceaux d'étoffe, des sculptures. Ils doivent tout emballer maintenant. «Est-ce que je dois les rapporter? se demande-t-il. Ils ne feront que me rappeler ma vie ici et rester oubliés sur une étagère».

Il entend Luke arriver dans l'entrée.

- Tu les as?

- Oui, je les ai, dit Luke les mains pleines de boîtes de carton vides que Joe avait gardées au cas où il devait de nouveau déménager. Luke dépose les boîtes.

- La fermeture de la mine, ce n'est pas juste!

- Tu as raison. Le prix du cuivre descend d'un quart de cent à la bourse et on doit fermer.

Joe va dans la salle à manger, regarde les verres et la vaisselle sur l'étagère. «Il y en a trop. Est-ce que j'ai vraiment besoin d'apporter tout ça?»

Luke entre dans la pièce.

- Nous devons faire quelque chose... aider Simba à se trouver un emploi. Themba doit aller à l'école!

- Luke. Il y a deux cent huit autres hommes qui ont aussi perdu leur emploi à la mine, tout comme Simba. La plupart d'entre eux ont des enfants qu'ils aimeraient bien envoyer à l'école.

Joe prend une assiette et la tend à Luke.

- Tiens, emballe ça dans un linge... Partout dans cette région, des gens espèrent avoir cette chance.

Luke se souvient d'avoir vu cette assiette dans leur maison, à Sudbury. Elle avait appartenu à la grand-mère de son père.

- Themba est spécial. M. Matiba a dit...

- Je sais. Je sais. Et dans quelques années, il aurait pu faire mon travail!

- Et maintenant, ils n'ont plus d'avenir.

- Pour le moment... dit-il en regardant Luke, il n'y a rien que l'on puisse faire.

- On peut essayer? demande Luke en levant les mains.

- Essayer quoi? répond Joe en haussant les épaules. Oublions tous ces verres. Il y a beaucoup trop de choses.

Joe prend une autre assiette.

-...je pensais peut-être aller à New York et essayer de persuader la compagnie que cette mine peut être rentable. Peut-être qu'avec quelques investissements locaux...

Joe voit un sourire illuminer le visage de son fils.

- Je ne fais que réfléchir, Luke.

- Et puis quoi?

- Qui sait.

- Tu reviens travailler à Sudbury?

Joe ne sait pas que répondre.

- J'y pense...

- Je t'aime, papa.

- Je t'aime, moi aussi, mon fils.

★   ★   ★

Le vent, comme des voix très anciennes, murmure en sifflant à travers les pierres de ruines antiques. Themba grimpe lentement, avec respect, sur les rochers. Les ruines d'anciens édifices s'élèvent à gauche et à droite. L'emplacement des pierres arrondies des murs, empilées les unes sur les autres, et les espaces entre chacune d'elles lui rappellent les nids d'abeilles dans les arbres. Son grand-père lui avait souvent parlé de cet endroit qui nourrissait l'esprit et l'âme. «Comme le miel pour le corps», pense Themba.

Il regarde un amoncellement de roches dans la cour. Le chant d'un oiseau se fait entendre. Des insectes vrombissent. Themba se dirige vers ce qui avait dû être une porte d'entrée. Il se laisse glisser doucement à l'intérieur. Le soleil plombe dans la cour et la réchauffe. Il s'assoit sur un petit rocher. La chaleur engourdit son corps, sa tête se fait plus légère. C'est comme s'il rêvait.

- *Vakanga vagere nerunyararo, vana vechibwe cheZimbabwe.*

Themba reconnaît la voix de son grand-père non loin. Il s'approche. Son grand-père se tient immobile, les yeux dans le vide, tapant dans ses mains avec un rythme lent.

- *Vakanga vagere nerunyararo, vana vechibwe cheZim-*

babwe, répète-t-il.

Puis il se tourne vers Themba.

- Le long de vallées comme celle-ci, au Zimbabwe, lui explique-t-il, des seigneurs ont construit des maisons de pierre. À l'extérieur de ces murs, des gens couvrent les flancs des collines avec leurs huttes et leurs troupeaux. Pendant leurs grands festins, les varimbas, les tambours et les flûtes font tinter les pierres...

Themba regarde en bas la vallée desséchée et brûlée. De ci, de là, quelques bosquets d'acacias, un baobab, comme un géant difforme, brisent la régularité de la plaine. De fins filets de fumée s'élèvent dans les airs. Themba sait que dans la vallée, se cachent plusieurs villages. Autour d'eux, des oasis de pâturages verts ont été arrachés à la terre.

- *Sekuru,* c'était il y a cent ans.

- Ces ancêtres sont toujours là. Dans ces murs, dans cette vallée. Tu ne peux pas avancer sans leur esprit, ajoute-t-il en se tournant vers Themba.

- Tout change, *sekuru,* ce n'est plus pareil.

- Tu changes. Ils sont les mêmes. Ils te feront comprendre le changement

- Je les écouterai comme tu m'as enseigné à le faire, *sekuru.*

Themba ne bouge pas. Son grand-père lève son bras et montre la cour où Themba était quelques instants auparavant.

- Va t'asseoir et écoute!

Themba lui obéit et s'assied. Des vagues de chaleur s'élèvent des rochers. À travers elles, il regarde son grand-père se frayer un chemin dans les ruines et disparaître. Themba ferme les yeux.

Une pierre glisse dans la cour et le surprend. Il se retourne. Luke arrive.

- Bonjour, dit-il.

Themba fait un signe de tête en silence.

- C'est un bel endroit...

Themba se réfugie de nouveau dans ses pensées. Luke se demande s'il est toujours fâché. Mais il remarque que le corps de son ami a l'air détendu.

- Qu'est-ce que tu fais ici? lui demande-t-il avec prudence.

- J'écoute.
- Oh!

Luke se souvient des autres fois où il s'était approché de Themba alors qu'il était silencieux. Il s'assoit lui aussi, ferme les yeux et écoute les sons qui remplissent la cour.

- Luke, appelle Themba en le secouant.

Luke ouvre les yeux. A-t-il dormi?

Themba sort de la cour. Luke se lève et le suit. Tous deux commencent à escalader les rochers.

- Tu es un bon ami, Luke. J'ai été brusque avec toi, la dernière fois qu'on s'est vus.

Il se hisse en haut du rocher, s'assure d'être bien en sécurité et tend sa main à Luke pour l'aider.

- Oublie ça, dit Luke en saisissant la main que lui tend son ami.

- Non. C'est quelque chose dont on doit se souvenir.

Themba tire Luke sur le rocher. Luke n'est pas certain de bien comprendre ce que son ami veut lui dire, mais il sait qu'il a prononcé ces paroles avec sincérité.

Ils marchent le long de la face du rocher qui a été creusée et érodée par des centaines d'années de pluie et de vent. Au-delà, la vallée s'étend à l'horizon. Luke écoute le bruit des souliers de Themba sur la roche. Dans une semaine, ce ne sera plus qu'un souvenir. Il se rapproche de Themba et, tous deux, ils se dirigent vers la moto.

- Luke! s'écrie Themba par-dessus le rugissement du moteur de la moto. Luke, nous devons trouver deux roues.

Luke tourne la tête de côté.

- Pourquoi?
- Pour construire une charrette.
- Pourquoi?
- Pour transporter les légumes.

★　★　★

Luke et Themba se reculent et admirent la charrette qu'ils ont construite et la fixent à la moto. Themba secoue les côtés pour vérifier leur solidité. Luke donne un coup de pied dans les roues.

- Hé, papa! Hé, Novak! Viens voir.

Joe sort sur la véranda et fait de la main un signe d'approbation.

- *Zvakanaka!*

- *Zvaka*...quoi? demande Luke en riant.

- Fantastique, traduit Themba en riant lui aussi.

Les deux garçons attachent leur casque et sautent sur la moto.

- À tout à l'heure papa, lance Luke en accélérant à fond. Le moteur rugit comme un cheval prêt pour le départ.

- Hé, fais attention à l'embrayage, crie Joe.

La moto prend le virage de l'entrée. Les rayons des roues de la charrette brillent au soleil.

Simba vérifie la longueur des tuyaux qu'ils ont soigneusement assemblés ces deux derniers jours. Il se tourne vers les villageois.

- Tenez-vous prêts! Attention...

Les gens s'alignent le long du tuyau.

- *Zvino!*

Les gens se penchent et soulèvent le tuyau. Comme le cou d'un grand oiseau, il se dresse dans les airs, l'extrémité se balance d'un côté et de l'autre.

- *Hokoyo!*

Simba les dirige. Il soutient le bas du tuyau dans ses mains et l'installe au-dessus du trou du puits.

- Plus haut! Plus haut! Maintenant, enfoncez-le dedans!

La poussière se soulève des pieds qui piétinent. Le chaud soleil du matin tape sur les dos fatigués. La sueur coule sur les visages des villageois qui forcent et murmurent. Le tuyau s'enfonce doucement dans le trou.

- *Zvishoma zvishoma!* les encourage-t-il.

Le tuyau s'enfonce toujours un peu plus jusqu'à ce que seul le coude au sommet soit au-dessus de l'ouverture. Simba ramasse sa clé, ses vis, rampe par terre et serre les boulons qu'il a placés sur la bride. Il fixe le tuyau à la poignée de bois.

Tout le monde recule et retient son souffle. Simba actionne la poignée de haut en bas. Un bruit provient du tuyau. Tous sont inquiets. Le tuyau vibre. De l'eau sort de l'embout. Des mains applaudissent, des chants s'élèvent. Les enfants accourent pour voir l'eau couler, s'en asperger la figure et les mains, la boire. Tendayi touche son ventre rond, heureuse de savoir qu'elle n'aura plus besoin de marcher pour aller chercher de l'eau. Elle fait vibrer ses mains sur sa bouche et souffle dedans. Un joyeux sifflement accompagne la mélodie des villageois.

Luke arrive en moto et ralentit en voyant la foule amassée.

- *Mai, mai,* s'écrie Themba. Regarde la charrette pour tes légumes.

- Themba, dit Luke en le regardant. La pompe, elle est réparée! Il y a de l'eau!

Les villageois redeviennent silencieux quand la moto s'approche de la pompe. Ils s'attroupent autour de la charrette, font claquer leur langue contre leur palais.

- *Mai,* laisse-nous charger tous les légumes dans la charrette. Luke et moi irons les vendre en ville.

Les femmes du village murmurent leur approbation. Elles se dirigent vers le jardin et font la cueillette pour Tendayi. Elles déposent la récolte dans des paniers.

- Themba, appelle Tendayi en prenant un morceau de papier plié dans les plis de sa robe. J'ai une lettre pour Tulani. Tu veux la lui apporter?

Themba touche le bras de sa mère et lui sourit.

Luke et Themba ramassent tous les paniers bien pleins que les femmes ont remplis, et les rangent avec précaution dans la charrette afin de ne pas écraser la récolte.

★ ★ ★

La moto grimpe sur la place du marché, se trace un chemin parmi les vendeurs et les acheteurs .

- Où est l'homme à qui on doit demander les permis de vente? demande Themba à une vieille femme devant son étal de bananes.

La femme montre le dos d'un homme de forte carrure qui parle avec un autre vendeur.

- *Ruregerero!* dit Themba en tapant sur l'épaule de

l'homme. Vous vendez des licences de vendeur?

- Oui, dit l'homme en se retournant.

Le visage de Themba s'assombrit en reconnaissant l'homme qu'il avait chassé du jardin de sa mère avec une binette.

- *Iwe!* s'écrie l'homme qui rougit en se remémorant l'incident. Pour toi... un prix très spécial. Cent dollars!

- Ce ne peut être le prix! fait Themba étonné.

- C'est du vol! crie Luke depuis sa moto.

- Vous n'êtes pas contents? Demandez au contremaître du marché.

- Je vais le faire. Où est-il?

- C'est moi le contremaître, répond l'homme en éclatant de rire.

19

LE VOYAGE DE RETOUR

THEMBA RESTE PRÈS DE LA BARRIÈRE devant la maison de sa tante, retournant sans cesse dans ses mains la lettre pour Tulani que lui a confiée Tendayi. Luke, sentant le désespoir de Themba de ne pas avoir vendu les légumes et sa réticence à revoir sa soeur, se tient à l'écart. Themba se dirige lentement vers la porte et cogne.

- Frère! s'écrie Tulani à la fois surprise et ravie.

- *Tsamba*, s'empresse-t-il de dire en lui tendant la lettre que sa mère lui a confiée.

- *Ndatenda*, dit-elle en lui souriant chaudement.

Themba se balance sur un pied et sur l'autre. Elle se rend compte qu'il est mal à l'aise.

- *Munofara here?*

- *Ndinofara*, répond-il lentement.

- *Mu-no-da tii here? Pindai!*

Elle se recule pour le laisser passer. À cet instant, elle voit Luke près de la clôture.

- Luke! viens prendre un thé, dit-elle en lui faisant un signe de la main.

Pendant que l'eau bout, Tulani lit lentement la lettre. Elle entend la voix de sa mère, comme si elle était à côté d'elle.

- Je t'envoie tout mon amour, *Mai*. Tulani plie soigneusement la lettre et la serre contre sa poitrine. Elle chantonne tout en versant l'eau dans la théière. Les feuilles de thé colorent l'eau d'un brun doré. Lorsque Tulani prend le plateau et va dans la salle à dîner où Luke et Themba sont assis à table avec les enfants de sa tante, Tulani pense que les paroles de sa mère ont adouci ses pensées.

- *Mai* dit que Mateus Nyere m'a libérée du contrat de mariage.

Si je reviens à la maison, qu'est-ce que papa va dire? demande Tulani étudiant attentivement le visage de son frère.

- À la maison pour rester?

- Non, répond-elle en secouant la tête. Pour une visite.

Luke lit lentement un texte dans un livre d'école'd'un des fils de Zodwa. Tulani sourit devant ce tableau.

- Trois heures de classe par jour, lui dit-elle fièrement. Et trois heures d'études. Les professeurs sont bons. Le travail est difficile. J'aime ça.

Themba baisse la tête.

- C'est toi l'étudiante, maintenant, soeur, dit-il en baissant les yeux.

- *Onai! Onai!*

Il y a du grabuge à l'extérieur.

- Les légumes! s'écrie Themba en sautant de sa chaise et en courant dehors.

Plusieurs femmes se sont rassemblées autour de la charrette et examinent le contenu avec soin.

- Hé! lance Themba, ces légumes sont...

- *Imarii?* demande une jeune femme au foulard bleu en soulevant une courge jaune.

- *Piri,* crie Tulani en rejoignant son frère et en levant deux doigts.

- *Zvinochipa!* murmure la femme pour elle-même en fouillant dans son sac à main.

- *Zvinochipa! Zvinochipa!* dit la femme aux autres.

Tous se mettent à prendre des légumes de la charrette.

- *Imarii? Imarii?* crient-elles aux trois adolescents.

- *Piri, piri,* s'écrie Themba en répétant les paroles de sa soeur.

- *Shanu,* dit Tulani à une femme qui lui montre une poignée de patates douces.

Luke tape sur l'épaule de Tulani et montre une femme qui tient un panier de tomates.

- *Zana,* dit-elle à Luke, cent.

- *Za-nay,* répète Luke à la femme.

La femme éclate de rire. Les autres femmes en font autant, ainsi que Themba et Tulani. Luke les regarde tous et se met à rire lui aussi de son drôle d'accent.

★   ★   ★

La voix de Themba fredonne la chanson scout de Luke tandis que la moto longe la route vers le village. Tulani rit en entendant la chanson. «Je ne l'ai jamais entendue avant, se dit-elle. C'est fou. Où mon frère l'a-t-il apprise?»

La joie de revoir sa mère suffit à Tulani pour éloigner la crainte qu'elle a d'affronter la désapprobation de son père. La charrette vibre autour d'elle; ces vibrations lui chatouillent les jambes et la font trembler. Elle écoute son frère fredonner inlassablement la chanson. Elle se sent tellement bien, tellement heureuse... elle rit à gorge déployée.

★ ★ ★

Simba sort le linge de l'eau et lisse la boue pour réparer une fente sur le mur à l'extérieur de la hutte. Tendayi arrête de piler le sorgho dans un grand mortier sculpté. Elle dépose le pilon. Elle reconnaît le son de la moto de Luke qui arrive.

- *Baba*, Themba arrive!
- *Mai, mai,* on a tout vendu. TOUT! s'écrie Themba en voyant sa mère.

Lorsque la moto s'arrête, il se précipite vers elle et dépose une grosse liasse de billets dans sa main.

- *Mai,* on a TOUT vendu!

Tendayi rit de joie. Themba parlait comme ça quand il était petit.

- Themba, dit-elle fièrement en sentant les billets dans sa main. Elle les serre contre sa poitrine.
- As-tu vu Tulani? demande-t-elle le visage empreint de tristesse.

Themba lui sourit. Il se tourne vers Luke. Tendayi suit son regard. Soudain, elle aperçoit derrière Luke sa fille qui s'avance sur la route.

- Tulani! Tulani! crie sa mère en se précipitant vers elle.

Tulani hésite, puis court se jeter au cou de sa mère. Des larmes coulent sur leurs visages quand elles s'embrassent. Puis, toutes deux se mettent à rire.

- *Mai! Mai!* répète Tulani bercée par les bras de sa mère.

Par-dessus l'épaule de Tendayi, Tulani aperçoit son père debout près de la hutte, les mains sur les hanches. L'eau dégouline du linge qu'il tient à la main. Un trace noire se dessine sur la poussière.

Tulani laisse sa mère et se dirige vers son père. Elle tape dans ses mains en signe de salutation et s'agenouille à ses pieds.

- *Baba, ndine urombo,* dit-elle en regardant le sol.

Son père ne bouge pas. Ses yeux fixent l'horizon.

- *Baba, ndine urombo,* répète-t-elle doucement.

- Tu es revenue à la maison, Tulani? demande-t-il d'une voix ferme.

- Juste pour une visite, *baba.* J'aimerais rester en ville et poursuivre mes études. Pendant que je suis là, je peux aider Themba à vendre les légumes. Si tu le permets, *baba.*

Son père demeure immobile. Le vent siffle contre son pantalon et sa chemise.

- Tulani.

- *Baba?*

- Viens manger.

Il l'aide à se relever.

Restée sur la route, Tendayi se cache le visage dans ses mains et pleure de joie.

★   ★   ★

- Il y a beaucoup trop de choses! s'exclame Joe en levant les mains dans un geste d'exaspération en passant en revue la pile de boîtes qui sont entassées.

Luke et Inga parcourent une pile de vieux livres que Joe a mis de côté.

- Papa, qu'est-ce que c'est?

- Juste des vieux livres d'ingénieur... laisse ça là.

- Je peux les donner à Themba?

- Oui, c'est une bonne idée, Luke.

Joe se penche, superpose les boîtes, les soulève et maugrée à cause du poids quand il sort de la maison.

Inga regarde Luke et lui sourit. Il est si attentionné. Elle se rapproche de lui.

- Tu vas me manquer, Luke, avoue-t-elle.

Luke la regarde. Il se souvient de la première fois, quand il l'a vue. De la mèche de cheveux blonds qui retombait sur son front. Comme il avait été jaloux de Nick.

- Tu vas me manquer à moi aussi, Inga.

Luke se penche vers Inga, la prend dans ses bras et l'embrasse doucement.

- Lu...

Joe s'arrête brusquement sur le pas de la porte en voyant les deux jeunes s'embrasser. Il hausse les épaules, lève les yeux au ciel et s'éloigne.

★ ★ ★

Après le repas de midi partagé avec Joe et Luke, la famille Maposa se réunit. Enok se cache derrière la jupe de sa mère gonflée par son gros ventre. Murhiko et Tiyani tiennent la main de leur père. Tulani reste près de sa mère et Themba, près de son père. *Sekuru* et *ambuya* regardent leur famille avec bonheur.

Les villageois arrivent lentement lorsqu'ils entendent que le repas est terminé et que le père et le fils rentrent au Canada.

Luke aimerait bien embrasser Tulani pour lui dire au revoir, mais il sait que cela ne se fait pas. Il fouille dans sa poche, en sort un morceau de papier ligné et le lui tend.

- Luke Novak... 147 Grant Avenue, Sudbury, Ontario, Canada... lit-elle fièrement.

- S'il te plaît, Tulani, écris-moi.

- Au revoir, Luke, dit-elle en affichant un grand sourire.

Son coeur ressent un léger serrement, comme une petite brindille qui est cassée en deux.

- Je t'écrirai, promet-elle.

Luke rejoint son père, prend les livres et va voir Themba.

- J'espère que tu pourras les utiliser. C'étaient les livres d'étude de mon père.

Themba lit la couverture de l'un d'eux: *Principes de génie mécanique.* Il se demande ce qu'il peut offrir à Luke en retour. Il voit les bracelets tissés à son poignet. Il en retire quelques-uns et les enfile au poignet de Luke.

- Maintenant, tu es un Africain.

- J'ai autre chose pour toi, dit Luke en allant vers sa moto, en prenant le casque et en le tendant à Themba.

- C'est... c'est... beaucoup trop.

- Themba... tu m'as donné beaucoup plus.

Themba est surpris d'entendre ces paroles.

- Je ne comprends pas.

- Tu n'as rien de toutes ces choses matérielles qu'on a...
mais, en-dedans de toi, explique Luke en montrant son coeur,
il y a toujours quelque chose de beau qui en sort... un esprit
ou quelque chose. Je t'aime beaucoup, Themba, dit Luke la
gorge nouée. Et Tulani aussi, et toute ta famille.

Puis il se retourne vers Themba de nouveau, et place sa
main sur son épaule.

- Tu seras toujours mon frère.

Les deux garçons sourient et se regardent longuement dans
les yeux, puis se serrent la main à l'africaine. À travers leur
silence, ils entendent les oiseaux chanter, le vent siffler et
sentent l'odeur de la poussière de terre orange.

Luke rejoint son père et tous deux marchent vers la Jeep.
Derrière eux, les voix des villageois remplissent l'air de dou-
ceur. Luke et son père se retournent et font un signe de la
main. Tout le village leur envoie la main. Luke imprime cette
image dans son esprit. Son père et lui se retournent vers la
Jeep. Son père le prend par les épaules et le serre contre lui.
Le voyage de retour commence...

F I N

Mots shona utilisés dans le roman

A

aiwa	non
ambuya	grand-mère

B

baba	père
batsirai!	à l'aide!
bhuruku	pantalon

C

changamire	monsieur
changamire ruregerero	monsieur, excusez-moi
chenjerai	fais attention
chisarai	au revoir

E

enda!	pars!

F

famba(i) zvakanaka	bon voyage/au revoir

G

go-go-goi	puis-je entrer?
gwavha	goyave
gwiri kwiti	rougeole

H

handizivi	je ne sais pas
hapana	rien
hazvina mhaka	ça ne fait rien
hokoyo	fais attention

I

imarii?	combien ça coûte?
ishwa	termite
iwe	toi

M

mai	mère
mainini	tante

maiwe	mon dieu
makadii?	comment vas-tu?
makadini? (pluriel)	comment vas-tu?
makorokoto!	félicitations!
mango	mangue
mangwanani	bon matin
marara here?	as-tu bien dormi?
masikati	bon après-midi
mhoroi (pluriel)	allô
mhuri yakadii?	comment va ta famille?
mira	arrête
mirai zvishoma	attends un peu
mufambe zvakanaka	au revoir (bonne marche)
mukomana	garçon
mukomana! aiwa! aiwa!	garçon! oh, non!
munobva kupi?	d'où viens-tu?
munoda chii?	que veux-tu?
mu-no-da tii here?	veux-tu du thé?
munodei?	que veux-tu?
munofara here?	te sens-tu bien?
munonzi ani?	comment tu t'appelles?
mupunga	riz
muri kuenda kupi?	où vas-tu?
muriwo	légumes en feuilles
mu-sa-pinde!	n'entre pas!
musare zvakanaka	porte-toi bien
mvura	eau

N

n'anga	sorcier
napana	rien
ndarara	j'ai bien dormi
ndarara kana mararawo	j'ai bien dormi si tu as bien dormi toi aussi
ndatenda	je te remercie
ndine nyota	j'ai soif
ndine nzara	j'ai faim
ndine urombo	je suis désolé
ndingarote here?	puis-je le prendre?
ndinoda	je veux
ndinofara	je vais bien (je suis heureux)
ndinonzi (Tulani)	mon nom est (Tulani)
ndiripo	je suis ici/je vais bien
ndiripo makadiiwo	je vais bien si tu vas bien toi aussi

O

onai!	regarde!

P

pinda	entre/viens
piri	deux

R

ruregerero	pardon! excusez-moi!

S

sekuru	grand-père
shanu	cinq

T

tichaonana	à bientôt (on se reverra)
titambire	bienvenue
tsamba	lettre
tsotsi	voleur

V

vakadzi	femmes mariées
vakanga vagere nerunyararo	ils vivent en paix
vana vechibwe cheZimbabwe	les gens des murs de pierre

W

wakadii	comment allez-vous?

Z

zana	cent
zvaita sei?	qu'est-ce qu'il y a?
zvakanaka	c'est bien/c'est fantastique
zvino	maintenant
zvinochipa	ce n'est pas de la bonne qualité
zvi-no-reve-i?	qu'est-ce que ça veut dire?
zvishoma-zvishoma	lentement